Yukito & Clayton
「恋の吊り橋効果、誓いませんか?」

ビリヤード台の上に仰向けに横たわり、
雪都はどぎまぎしながらクレイトンの顔を見上げた。

「服を脱がせたら寒いかな?」

「ええと……そうですね」

「じゃあ下だけ」

(本文P.26より)

Chara

恋の吊り橋効果、誓いませんか？

恋の吊り橋効果、試しませんか？3

神香うらら

キャラ文庫

この作品はフィクションです。
実在の人物・団体・事件などにはいっさい関係ありません。

目次

口絵・本文イラスト／北沢きょう

プロローグ

――アメリカ合衆国の首都、ワシントンDC。

一月中旬の夕刻、灰色の雲に覆われた西の空に、わずかに太陽が見え隠れしている。

事務室の片隅でファイルの整理をしていた吉仲雪都《よしなかゆきと》は、茜色《あかねいろ》の夕陽《ゆうひ》に誘われるように窓の外に視線を向けた。

今夜も冷え込みそうだ。予報では深夜から明日の朝にかけて雪が降ると言っていたが、この雲行きだと予報より早く降り始めるのではないか。

（フィラデルフィアも雪の予報だったな……）

空を見上げ、三日前からフィラデルフィアに出張中の婚約者、クレイトン・ガードナーに思いを馳《は》せる。

クレイトンはＦＢＩの知的犯罪捜査班に所属する捜査官だ。仕事柄張り込みや出張で家を空けることが多く、いつ出発し、いつ帰宅するのか直前までわからない。

『今回の出張はそう長引かないと思うよ。多分明後日には帰れるんじゃないかな』

出がけにそう言っていたものの、事件の捜査というのは予定通りにいかないものだ。

一緒に暮らし始めた当初は、クレイトンが出張するたびに心配で眠れなかった。雪都がやきもきしてもどうにもならないので、クレイトンの無事を祈りつつ自分のやるべきことに集中するようにしているのだが……。

(あ、そろそろグループセッションの時間!)

壁の時計を見上げ、ファイルの整理を中断して急いで事務室をあとにする。

——昨年の秋、雪都はかねてからの希望通り大学院に進学した。

カウンセラーを志して心理学を勉強しているのだが、カウンセラーになるには資格試験に合格するのはもちろんのこと、インターン先での研修が必須だ。

そんなわけで、三ヶ月前からここ——公立犯罪被害者支援センターで週十五時間程度アシスタントとして働いている。

犯罪被害者の支援は雪都がカウンセラーとして関わりたいと思っていた分野なので、教授から打診されたときは一も二もなく飛びついた。まだカウンセラーとクライアントの一対一のセッションに立ち会うことは許されておらず、グループセッションやアートセラピーのクラスでクライアントとの関わり方を学んでいる最中なのだが、実際に犯罪被害者と接することでいろいろ気づかされることも多い。

会議室のドアを開けると、既に十人ほどのクライアントが円座に並べられた椅子にかけていた。見知った顔が多いが、中には初めて目にする顔もある。

　このグループセッションはセンター利用者が最初に案内される初心者向けのもので、雪都の指導担当のカウンセラー、エリン・オコナーが受け持っている。今はまだエリンの仕事ぶりを見学させてもらっている段階で、雪都が何か発言したり、クライアントと言葉を交わしたりすることはない。

　それでも最近は、顔馴染《かおなじ》みの利用者に挨拶がてら話しかけられることも増えてきた。何気ない雑談を交わせることは嬉《うれ》しく思っているのだが、うっかり無神経な言葉を口にしないよう、緊張感もつきまとう。

「皆さん、こんにちは」

　アシスタントの定位置である壁際の椅子に座ろうとしたところで、エリンが十五、六歳の少女を伴って会議室に現れた。

「みんな揃《そろ》ってるわね。今日からこのセッションに加わるレイシーよ」

　エリンがにこやかな笑みを浮かべて紹介するが、レイシーと呼ばれた少女は硬い表情を崩さなかった。唇を引き結び、全身で拒絶を表しながらエリンからいちばん離れた席にどさりと腰を下ろす。

　いかにも、不本意ながら仕方なく参加しているという態度だ。家族やカウンセラーに勧められて渋々来ているクライアントも少なくないので、別に珍しいことではない。

（反抗期も重なってるから、いちばん難しい年頃かもしれないいな……）

内心はらはらしながら見守るが、この道二十年のベテランのエリンはレイシーのふてくされた態度を気にする様子もなく、「それじゃあ始めましょうか」と一同を見まわした。

このグループセッションの目的は、クライアントの中にある感情を言葉にして外に出す作業の手助けだ。

辛《つら》い経験や大きな喪失感を抱えた人は、これ以上傷つかずに済むよう心に壁を作って閉じこもってしまうことがある。他者との会話や交流を拒絶し、自分を守るために自分の中に閉じこもるのだ。傷ついた人にとってはそれも必要な時間だが、閉じこもり期間が長引くとかえって悪化してしまう場合が多い。

セッションでは、まず皆の前で自分の経験を話すことから始める。淡々と事実だけ述べる人もいれば、初回から自分がいかに辛い思いをしているか滔々《とうとう》と語る人もいる。エリンによると、後者は比較的回復が早いらしい。自分の感情を口にできる人は、他者へ助けを求めることにさほど抵抗がないからだ。

参加者が簡単な自己紹介をしたあと、エリンはレイシーと同じ年頃の少女に語りかけた。

「ウィラ、先週のセッションであなたは学校の新聞部の友人に腹を立てているって話してたけど、その後どう？」

呼びかけられた少女が軽く肩をすくめる。

「友達じゃありません。校内新聞に事件についてのインタビューを載せたいって言われて、もちろん即断りましたけど、思い出すたびに腹が立って」

十六歳のウィラは、最近両親に連れられてここに通い始めた。明るく快活な性格で深刻な悩みを抱えているようには見えないが、銃の乱射事件に遭遇してフラッシュバックに悩まされているらしい。

「無神経だと思いません？　銃社会について我々生徒が考えるきっかけにしたい、なんて言ってますけど、私に話を聞かなくても他にも方法はあるでしょう？」

ちらりとレイシーに視線を向けると、彼女は俯《うつむ》いてつまらなさそうに自分の長い髪の毛先を弄《もてあそ》んでいた。

ウィラはこのグループで唯一のレイシーと同世代の女の子だ。エリンが彼女を指名したのも、ウィラの話にレイシーが共感を覚えるのではないかと期待してのことだろう。けれどレイシーは、エリンのそういう配慮も余計なお世話だと感じているのかもしれない。

「その子に悪気がないのはわかってるんです。彼女なりに正義感を持っていて、問題提起をしようと頑張ってることも。だけど彼女のせいで、事件後にテレビ局のレポーターにマイクを突きつけられたときのことを思い出しちゃって。どうしてメディアの人たちってあんなに無礼なの？」

ウィラの吐露に、参加者の何人かが深々と頷《うなず》いた。

「わかるよ。俺も事件後にマスコミに追いかけまわされたからね。しかも俺の場合、犯人扱いされてネットの中傷も酷《ひど》かった」

中年の男性がぼそっと口にし、それを機に参加者が手を挙げて感想や意見を述べ合った。

討論会ではないので皆の話は脱線が多い。ウィラへの共感から自分の経験を語り始めたり、自分なりの対処法を教授したり、的外れなたとえ話をしたり。けれどよほど険悪な空気にならない限り、エリンは参加者の話にストップをかけない。

何度か見学しているうちに、雪都もこの雑然としたおしゃべりの中から様々な化学反応が生まれることを知った。

(これがグループセッションの醍醐味《だいごみ》なんだろうな……)

クライアントとカウンセラー、一対一のセッションでは得られない部分だ。

他人の何気ない言葉に自分の中にある問題を気づかされたり、自分が何をどう感じるのか考えるきっかけになったりする。そしてエリンは、参加者の話を肯定も否定もせず、結論を出すこともしない。

ウィラに続いて何人かの参加者が自分の近況を話したが、レイシーはずっと黙って俯いたままだった。時折壁の時計を見上げてため息をつき、早くこの場を立ち去りたいという意思表示をしている。

「レイシー、あなたのことを話してくれる?」

皆の話が一段落したところで、エリンがレイシーに語りかけた。

参加者の視線がレイシーに集まり、彼女の表情が一段と強《こわ》ばる。

「嫌です。話したくありません」

きっぱり言って、レイシーはエリンを睨《にら》みつけた。

参加者の輪に、動揺がさざ波のように広がっていく。レイシーの刺々《とげとげ》しい声音に、雪都も胸の辺りがひやりとした。

皆の前でレイシーに怒りをぶつけられても、エリンは顔色ひとつ変えなかった。「じゃあジョニー、あなたはどう？」とレイシーの隣に座っている男性を指名する。

「ああ……えっと、僕は今日で三回目なんだけど、ようやくこの場に慣れてきた感じで……」

気の弱そうな青年が、おどおどと参加者の反応を窺《うかが》いながら切り出した。皆の意識がレイシーから逸《そ》れて、ほっと胸を撫《な》で下ろす。

（よかった……前のセッションのときみたいにならなくて）

先月のグループセッションで、参加者同士が口論になったことがあったのだ。エリンがうまく宥《なだ》めてその場はすぐに収まったが、雪都は生きた心地がしなかった。

そっとレイシーに視線を向けると、彼女は自分の身を守るように腕を組んで前屈《まえかが》みになっていた。

彼女の気持ちが痛いほど伝わってくる。今はまだ、他人に踏み込まれたくないのだ。

けれど退席せずにこの場に留《とど》まっているのは、今の状況を変えたいという気持ちもあるのかもしれない。

(僕がこのグループセッションの責任者だったら……どう対応する?)

今のレイシーには歩み寄ろうとしても拒絶されるだけだ。彼女が心を開いてくれるのを根気よく待つのがいちばんいいのだろうが、二度とここに来ない可能性もあるし、何より怖いのは手遅れになってしまうこと。

無理に話さなくていい。けれど、ここにあなたを受け入れ、寄り添おうとしている人たちがいることを覚えておいて欲しい――。

(それをどうやってきみに伝えたらいいのかな)

心の中でレイシーに語りかけつつ、雪都は膝の上でぎゅっと手を握り合わせた。


グループセッションが終わる頃には、窓の外はすっかり暗くなっていた。

会議室にひとり残り、エリンに提出するレポート用に、今日のセッションで気になった点をノートに書き出していく。

(レイシーは最後まで壁を作ったままだったな)

彼女の硬い表情を思い浮かべ……気づくと雪都の眉間にも皺《しわ》が寄っていた。

参加者の中には、最初から最後までいっさい発言しない人もいる。発言するかしないかは自由なのでまったく問題ないのだが、レイシーの場合、参加者の話にも無関心な態度を貫いていたのが気がかりだ。

レイシーのような態度を取るクライアントは少なくない。大学の授業でも、反抗的なクライアントにどう対処すべきか教わってきた。

（だけど、現実に傷ついて塞ぎ込んでいる相手に、なんて言葉をかけていいのか……）

ノートを閉じて、雪都は窓の外へ視線を向けた。

当然ながら、大学で教わった知識だけでは通用しない面も多々ある。研修は大いにやり甲斐《がい》を感じられるものの、同時に雪都に強い緊張感ももたらした。

ここに来ている人たちは教科書に載っている〝事例〟ではなく、心に傷を負った生身の人間だ。犯罪被害者という共通点はあるものの、抱えている事情は千差万別で、同じ言葉でも受けとめ方がそれぞれ違う。

学部生時代に何度かボランティアをした経験はあるが、給料を伴う仕事として向き合うとなると、責任の重みがずしりと肩にのしかかってくる。クライアントから見ればアシスタントも支援センターの一員で、自分の不用意な言動がセンター全体の信頼を損なうこともあり得るのだ。

今のところ大きなミスはしていないが、日々クライアントや上司であるカウンセラーと接するうちに、雪都は自信を失いつつあった。

（……この仕事、僕に務まるかな）

俯いて床を見つめながら、自分の胸に問いかける。

もう何度もくり返し自問自答してきたが、問いかけるたびにどんどん弱気になっていく。

雪都自身、犯罪被害者でもある。二年ほど前に親友に誘われて行ったコロラド州のスキーリゾートで殺人事件に遭遇し、逆上した犯人に命を狙われる恐怖を経験した。

それから一年もしないうちに、今度はクレイトンと訪れたノースカロライナ州の島で再び殺人事件に巻き込まれ、人質にされて至近距離で銃を突きつけられ……。

自身の経験がクライアントに寄り添う際に役立つのではないかと考えていたのだが、ここに来てまもなく自分の考えが甘かったことを思い知らされた。

ここに来ているクライアントは、雪都とは比べものにならないような悲惨で痛ましい経験をしている。大きな心の傷を抱え、何年も何十年も苦しんでいる彼らに、「僕も経験があるのでわかりますよ」などとはとても言えない。

更にもうひとつ、カウンセラーはクライアントの心に寄り添う一方で、クライアントとの間に距離を置かねばならない職業だ。その加減が雪都には難しくて、なかなか観察者に徹することができなくて……。

（いけない、ファイルの整理の続きをやってしまわないと）

会議室の戸締まりをして、雪都は事務室へ急いだ。雑用を命じられることも結構多いので、やりかけた作業は今日中に済ませておきたい。

事務室に戻ってファイルの仕分けをしていると、書類の束を手にしたエリンが現れた。

「あら、まだ残ってたの？」

「ええ、この棚の分だけでも終わらせてしまおうと思って」

「事務室長が、あなたは事務関連の雑用もきっちりやってくれるって感心してたわ。だけど全部引き受ける必要はないんだからね。雑用はあくまでも手が空いたときだけ」

言いながら、エリンが書類の束をシュレッダーにかけていく。

「はい、僕も最近は引き受けすぎないようにしてます」

ここに来た当初、言われたことはすべてやらなくてはいけないと思い、あれこれ抱え込んでいた時期があった。それを思い出して苦笑しつつ、不要なファイルを段ボール箱に入れていく。

「ファイル整理してて思ったんですけど、一回きりで来なくなってしまうクライアントってかなり多いんですね」

エリンが振り返り、肩をすくめてみせた。

「それはもう仕方ないと思ってる。定期的に通って欲しいけど、どうしても無理だって人もいるから」

エリンの言葉に頷き、作業を再開する。古いファイルを仕分けながら、雪都は気になっていたことをおずおずと口にした。

「レイシーは……また来てくれるでしょうか」

エリンがシュレッダーの電源を切って振り返り、雪都の顔をじっと見つめる。

「どうでしょうね。こういう場所は、彼女にはまだ早かったのかも」

「グループセッションの間、ずっと考えてたんです。彼女のようなクライアントに、どう対応したらいいのか」

「雪都、セッションの間ずっとレイシーの態度にびくびくしてたでしょう」

エリンの指摘に、雪都はぎくりとした。

「あなたは繊細で優しい性格だからレイシーみたいな子を見ると放っておけないんでしょうけど、他のみんなと同じように接すればいいの。つまり、最初から歩み寄りすぎない、気を遣いすぎない、そしていちばん大事なのは、クライアントの顔色を窺わないこと」

「…………」

確かに彼女の言う通りだ。犯罪被害者はここにたどり着くまでに散々同情され、気を遣われ、腫れ物に触るような扱いを受けてきている。そしてほとんどのクライアントが、そういう特別扱いにうんざりしているのだ。

「そうですね……基本的なことなのに忘れてました」

「ま、それはそれでビジネスライクだって批判されることもあるけどね。グループセッションはカウンセリングの入り口だから、ある程度割り切って一律にやるしかない。ひとりひとりに合わせたきめ細かい対応は個別セッションじゃないとできないし」

「……はい」

気を揉《も》んで空回りしていた自分が恥ずかしくなり、項垂《うなだ》れる。

「落ち込まないで。あなたのそういう繊細なところは長所なんだから」

エリンの励ましに、雪都は顔を上げた。多忙な彼女とこうやって一対一で話す機会はなかなかないので、前から気になっていたことを尋ねてみることにする。

「最初の面談のときにおっしゃってましたよね。犯罪被害者支援のカウンセラーに犯罪被害の経験があったほうがいいとは思わない、って」

「ええ、言ったわね」

――中途半端な経験を武器にしようとするカウンセラーがいちばん質《たち》が悪い。自分も犯罪被害者だから理解できるはずという自信と自負が、クライアントとの意思疎通の妨げになる場合が多い――エリンの言葉は、知らず知らずのうちに雪都の中に芽生えていた驕《おご》りを見事に打ち砕いた。

『数年前にここに研修に来てた学生が特にひどかったわ。〝俺も被害者だから〟を免罪符に、クライアントの言葉にきちんと耳を傾けようとしなかった。当たり前のことだけど、自分の立ち直り経験が他人にも通用するとは限らない。だからこそ、カウンセラーは先入観のないフラットな状態でクライアントに向き合う必要があるの』

彼女の言い分はもっともで、雪都としても自分の考えややり方をクライアントに押しつける気はさらさらないのだが……。

「時々思うんです。犯罪被害者支援にこだわらず、自分が経験したことのない分野を選んだほうがいいんじゃないかって」

大学に進学した当初、雪都は児童カウンセラーを目指していた。といっても漠然とした希望であって、絶対に児童カウンセラーになりたいと強く願っていたわけではない。自身が事件に遭遇したこと、ボランティアで犯罪被害者支援に関わったこと、そしてパートナーのクレイトンが捜査官だったこともあって、この道に進むことにしたのだ。

「だとしても、今すぐ答えを出す必要はないわ」

雪都の悩みに、エリンはあっさり言い放った。

「ここで研修してみて、自分には向いてないって思えば別の分野に行けばいい。研修ってそういうものでしょう？　私たちがあなたに適性があるかどうか見極める場でもあり、学生のあなたが自分がこの仕事に向いてるかどうか考える場でもある」

エリンの言葉に、はっとさせられる。

「……そっか……そうですね」

「そうよ。第一ここに来てまだ三ヶ月でしょう？　私に言わせれば、向いてる向いてないを議論する以前の段階ね」

言いながら、エリンがシュレッダーの電源を入れて残っていた書類を突っ込んだ。

「冷たく聞こえるかもしれないけど、レイシーについては、今は私たちにできることはあまりない。クライアントに共感しすぎて思い詰めないようにね」

書類の細断を終えたエリンが、「お先に失礼」と言い置いて踵《きびす》を返す。

事務室にひとりになり、雪都は心の中でエリンの言葉を反芻《はんすう》した。

エリンの言う通り、今はあれこれ悩むよりも日々の研修に集中したほうがいい。そうすれば、自《おの》ずと答えが見えてくるはずだ——。

「……っ！」

物思いに耽《ふけ》っていると、デスクに置いたスマホが震え始めた。急いで画面を見ると、電話はクレイトンからだった。

「もしもし？」

『やあ雪都。今いいかな？　まだ仕事中？』

クレイトンの声に胸が高鳴り、「もうすぐ終わります」と早口で告げる。

『俺もさっき空港に着いたところだ。道が混んでなければ三十分ほどで帰れると思う』

クレイトンが帰宅すると聞いて、胸の高鳴りは一気に加速した。

「了解です。あ、夕食は済ませました？」

『何かテイクアウトを買って帰るつもりなんだが、きみの分も買っておこうか？』

「ええ、お願いします」

『リクエストはある？』

「中華なら八宝菜、タイ料理ならカオマンガイ、それ以外ならあなたにお任せします」

『近所のタイ料理の店がいいかもな。雪が降り始めてるから、運転に気をつけて』

「ええ、あなたも気をつけてくださいね」

通話を切って、しばし余韻に浸る。クレイトンとこういう何気ない日常会話ができるのが嬉しくてたまらない。

きりのいいところでファイルの整理を切り上げて、雪都はいそいそと帰り支度を始めた。


雪が降りしきる午後八時、慌てず急がず、けれど大いに気を逸《はや》らせつつ、雪都はガレージに車を入れた。ガレージのシャッターを閉め、足元に注意しつつ玄関のドアへ向かう。

——二ヶ月前、雪都とクレイトンは郊外にある一軒家へ引っ越した。

それまで住んでいたアパートメントも悪くはなかったのだが、かねてよりクレイトンは庭でバーベキューができる一軒家に住みたがっていた。加えて隣に引っ越してきた住人が騒がしかったこともあり、夏に物件探しを始めた。

一九五〇年代に建てられたミッドセンチュリースタイルのこの家は、ふたりともすぐに気に入った。

非対称の三角屋根に板張りの壁、石造りの煙突——直線的なデザインの外観もいいが、何より雪都が気に入ったのはアイランドカウンターを備えたキッチンだ。キッチンの隣にダイナーの客席のような作り付けのテーブルとベンチがあり、ひと目見た瞬間、ここで裏庭を眺めながらコーヒーを飲んだら心地いいだろうなと感じた。

寝室が三部屋にバスルームが三つ、コンパクトな作りだがふたりで暮らすには充分な広さがある。この家にぴったりのミッドセンチュリーモダンの家具付きという点もよかった。

二度目の内覧のあと、クレイトンは購入を決めた。

当初、雪都は家を買うことには反対だった。クレイトンは世間一般の基準でいうと高給取りの部類に入るが、それでも家を買うとなるとかなりの出費だ。今はまだ賃貸で充分だし、それなら自分も家賃を入れることができる。

『心配しなくても祖父からの生前贈与がある。俺はこの家できみと一緒に暮らしたい。俺のわがままだから、費用のことは気にしないで』

そうクレイトンに説得されて家の購入を承諾したのだが、結果的にここに引っ越したのは大正解だった。郊外の住宅街は心おきなく散歩やジョギングができるし、庭でバーベキューをしたり家庭菜園を作ったり、楽しみの幅も広がった。

「ただいま」

重厚な木製のドアを開け、奥のキッチンの方向へ呼びかける。返事はなく、代わりに軽やかなピアノの音色が聞こえてきた。

（地下室だ！）

ショルダーバッグを置いて、急いで階段を下りていく。

地下室は壁の一面が煉瓦《れんが》造りのいわゆるブルックリンスタイルで、仕切りを付けずに広々したワンルームになっている。前の住人はここを遊戯室にしていたらしく、ビリヤード台、ダーツボード、カードテーブルやアップライトピアノが置かれていた。

『このピアノ、まだ弾けるのかな』

引っ越し当日、クレイトンはそう言って埃《ほこり》を被《かぶ》っていたピアノの蓋を開けた。鍵盤をいくつか叩《たた》いて『音が狂ってる。調律が必要だな』と顔をしかめ……。

『ピアノ、弾けるんですか？』

『少しね。子供の頃に習ってたんだ』

クレイトンがピアノを弾けると知って、雪都は驚くと同時に嬉しくなった。

自分は弾けないが、ピアノの音色は大好きだ。これを機にピアノの練習を始めてみるのもいいかもしれない。

　そんなわけで、業者に依頼して修理と調律、クリーニングをしてもらった。部屋の奥から移動させて煉瓦の壁の前に置き、黒光りするピアノの存在感で地下室が一気に洒落《しゃれ》たバーのようになった。

「おかえりなさい……！」

　地下室に降り立ち、小走りでクレイトンに駆け寄る。

　立ち上がったクレイトンが、満面の笑みで雪都を抱きとめてくれた。

「ただいま、雪だるまちゃん」

　クレイトンの声が、密着した体から直に響いてくる。三日ぶりの体温と鼓動を存分に味わいたくて、雪都は彼の胸に顔を深々と埋めた。

「夕食はタイ料理にしたよ。きみのリクエストのカオマンガイと、パッタイと……名前は忘れたけど美味《うま》そうなスープがあったからそれも」

「トムヤムクン？」

　顔を上げて尋ねると、クレイトンが唇に笑みを浮かべた。

「だったかな？　それと、なんとかサラダも」

　言いながら、クレイトンが唇を寄せてくる。

　大好きな青灰色の瞳に見入っていると、唇に熱い吐息を感じ……。

「――っ」

三日ぶりのキスは、最初は優しく、次第に情熱的に、そして官能的になっていった。感じやすい上顎を熱い舌でまさぐられ、あっというまに体の芯が燃え上がる。

「……今すぐ押し倒したいんだが、まずいかな?」

誘惑の甘い囁《ささや》きに、雪都は下半身の力がへなへなと抜けていくのを感じた。

「……まずくないです、僕も……」

掠《かす》れた声で答えたとたん、逞《たくま》しい腕に抱き上げられる。

部屋の隅のソファにそっと下ろされ、これから始まる甘い時間に雪都は胸を高鳴らせた。シャツのボタンを外し、クレイトンが覆い被さってくる。古い革張りのソファが軋《きし》んだ音を立て、大きくぐらついた。

「ちょっと不安定だな」

このソファは元々脚が少しぐらついている。座ってしまえば気にならない程度だが、これからやろうとしている行為にはふさわしくないようだ。

「寝室に行きます……?」

クレイトンの肩に手を置きながら尋ねると、クレイトンがにやりと笑った。

「いい考えがある」

言いながら起き上がる。再び雪都の体を抱き上げて運んだ先は、フロアの中央に置かれたビリヤード台の上だった。

「まさか、ここで?」

「嫌?」

「嫌じゃないですけど……」

少し戸惑いながら、ビリヤード台を見下ろす。

雪都とクレイトンは、ベッドやソファ以外の場所でセックスした経験があまりない。一度だけドライブデート中に盛り上がって車の後部座席でしたことがあったが、誰かに見られるのではないかと冷や冷やしてあまり集中できなかった。クレイトンも、変わった場所でする趣味はないと言っていたのだが……。

以前映画で目にしたビリヤード台でのラブシーンがよみがえり、頬が熱くなる。

火照った頬にキスの雨が降ってきて、雪都はくすぐったさに首をすくめた。

「ええと……僕たちビリヤードはしないし、するとしても、このぼろぼろのクロスを張り替えなきゃいけないし」

「つまり、少々汚しても構わないってことだ」

「……っ」

クレイトンに背中を支えられながら、ゆっくりと押し倒される。ビリヤード台の上に仰向《あおむ》けに横たわり、雪都はどぎまぎしながらクレイトンの顔を見上げた。

「服を脱がせたら寒いかな?」

「ええと……そうですね」

「じゃあ下だけ」

大きな手がズボンのベルトにかけられ、肌がぞくりと粟立《あわだ》つ。何かとてもいけないことをしているような背徳感に、いつもと違う部分の官能が疼《うず》いた。

(なんかすごく恥ずかしい)

いまだにセックスのたびに羞恥に身悶《みもだ》えてしまうのだが、ビリヤード台での行為はいつもの恥ずかしさと質が違うような気がする。本物のバーやビリヤード場ではないし、誰かに見られる心配もないが、セックスにごっこ遊びの要素を加えているようで、それがなんだか気恥ずかしい。

「なんかちょっと調子が狂うな」

同じことを感じたのか、クレイトンが照れくさそうに呟《つぶや》いた。

「僕もです」

「やっぱりベッドに行く？」

言いながら、クレイトンの指が思わせぶりにファスナーの部分をたどる。

「あ……っ」

布越しに硬く盛り上がった部分に触れられ、思わず雪都は太腿《ふともも》を擦り寄せた。

慣れないシチュエーションに戸惑いつつも、体はすっかり準備を整えている。今の刺激で先走りが漏れて下着が濡《ぬ》れてしまったかもしれない。

「寝室に移動する余裕はなさそうだな」

耳元でくすりと笑うように囁かれ、今度ははっきりと先走りが溢《あふ》れたのがわかった。

「だめ、ズボンが……っ」

「濡れそう？」

「……っ」

ゆっくりとファスナーを下ろされ、下着が露《あら》わになる。水色のボクサーブリーフに、恥ずかしい染みがくっきりと浮き出していた。

「教えてくれ、雪都。俺の留守中にひとりで愉《たの》しんだ？」

クレイトンの不躾《ぶしつけ》な質問に、雪都はぷるぷると首を横に振った。

「してません、本当に」

嘘《うそ》ではない。出張前にしっかり交わったばかりだし、大学や研修先の仕事が忙しくて、帰宅して食事と家事を済ませるとベッドに直行していたのだ。

「俺もだ。つまり、ふたりとも飢えてる」

「飢えてるってほどじゃ……ひゃっ」

下着とズボンをまとめて脱がされ、桃色のペニスがぷるんと揺れる。同時に密《ひそ》やかな蕾《つぼみ》の奥で、媚肉《びにく》がはしたなくうごめき始めた。

(あ……なんかすごく……)

ビリヤード台ですることに少々後ろめたさを感じつつ、体は明らかに興奮している。おずおずと視線を上げると、青灰色の瞳にも欲情の炎が揺らめいていた。

「雪都……」

クレイトンが性急な手つきでジーンズの前を開く。黒いボクサーブリーフの中央は猛々《たけだけ》しく盛り上がり、大きな亀頭がはみ出していた。

たった三日離れていただけなのに、クレイトンが欲しくてたまらない。太くて硬い勃起で疼く媚肉を擦り上げ、最奥まで貫いて濃厚な精液をたっぷり注ぎ込んで欲しい――。

「おっと、潤滑剤を取ってこないと」

悪戯《いたずら》っぽい笑みを浮かべて、クレイトンが体を離す。雪都が早く入れて欲しがっているのを知りつつ焦らすつもりだ。

「待って、そこに……無添加のハンドクリームが」

ソファのサイドテーブルを指さすと、クレイトンが軽く眉をそびやかした。

「ハンドクリームとしてはベタベタしすぎると思ってたが、そういう使い道にはいいかもな」

お気に入りの雑貨店で買ったオーガニック素材のハンドクリームは、クレイトンの言う通りベタつきすぎるのが難点でほとんど使っていなかった。二週間ほど前、クレイトンの出張中に自慰をした際、試しに使ってみたらとても良くて……。

「なるほど。きみはこれを、そういう用途に使ってみたんだな？」

言いながらクレイトンがハンドクリームの蓋を開け、指先でたっぷりとすくい取る。

笑いを含んだ声に、雪都は真っ赤になって視線をそらした。

「そ、そういう話はあとにしてください……っ」

「ああ、あとでたっぷり聞かせてもらおう。今はこっちに集中しないと」

「あ……っ」

蕾にひんやりしたクリームを塗り込められ、雪都はびくびくと背筋を震わせた。

クリームはクレイトンと雪都の体温ですぐに温《ぬく》もり、媚肉がやわらかく蕩《とろ》けていく。長い指が蜜壺《みつつぼ》をかき混ぜるたびに、くちゅくちゅと淫らな音がするのが恥ずかしい。

「クレイトン……っ」

早くひとつになりたくてクレイトンを見上げるが、今更ながら自分がセーターを着たままで、下半身だけ裸という格好であることに気づいた。しかも足元はショートブーツを履いたままだ。

クレイトンもシャツの前をはだけ、ジーンズの前を開いただけの格好だが、大きな亀頭は既に雪都の蕾に押し当てられている。

(なんかすごく恥ずかしいんだけど……っ)

自分はビリヤード台に仰向けに寝そべって大きく脚を広げ、クレイトンは立ったまま挿入しようとしている。初めての体位だし、つながる場所だけ脱いだ格好で交わるなんて、ひどくいけないことをしている気になって落ち着かない。

けれどクレイトンがぐいと腰を突き入れたとたん、そんな気持ちも吹き飛んでいった。

「あああ……っ！」

狭い肛道《こうどう》を、逞しい屹立《きつりつ》が押し広げていく。

すっかり馴染んだ太さと形に、淫らな媚肉が悦《よろこ》んで絡みついた。

「痛くない？」

「ええ、大丈夫、あ、あん……っ」

肉厚の雁《かり》が快楽のスポットを掠め、体の芯に電流が走る。

「このビリヤード台、邪魔だと思ってたけど、役に立ちそうだな」

確かにソファのようにぐらつかないし、ベッドではできない体位で交わることができる。

(先っぽが当たってるところ、いつもと角度が違う……っ)

次第に激しくなるクレイトンの律動に喘《あえ》ぎながら、雪都は新たな官能の海へずぶずぶと溺れていった――。

「なあ雪都、今ちょっと思ったんだけど、あの辺にバーカウンターを作るのはどう？」

地下室のソファに寝そべりながら、クレイトンが煉瓦の壁を指し示す。

「いいですね……ワインを傾けながら、あなたがピアノを弾いてくれたら最高」

クレイトンの胸に顔を寄せ、雪都は掠れた声で返事をした。

——ビリヤード台で破廉恥なセックスを愉しんだあと、ぐったりした雪都をクレイトンがソファに運んで寝かせてくれた。もう少し余韻を味わいたくて雪都はクレイトンの腕を摑《つか》み……結果、ソファでぴったり折り重なっているところだ。

「じゃあもっと練習しないとな」

クレイトンはそう言うが、ピアノの腕前はなかなかのものだ。習ったのは二年ほどであとは独学らしいが、比較的易《やさ》しい曲なら楽譜を見てすぐ弾けるようになる。

「今のままでも充分……んん……っ」

激しいセックスの名残で、ほんのわずかな刺激にも敏感に反応してしまう。

クレイトンがくすりと笑い、「おっと、これ以上煽《あお》るのはやばいかな」と言いながら体を起こした。

「今日のセンターの仕事はどうだった？」

「いつも通りです。事務作業をやって、グループセッションのアシスタントをして。あなたは？　フィラデルフィアの件はうまくいったんですか？」

雪都も体を起こし、ブランケットを巻き付けてソファに座り直す。

「ああ、事件のほうは終結だ。ただちょっと……被害者の家族と話をする機会があって」

髪をかき上げながら、クレイトンが眉根を寄せた。

クレイトンが捜査中の金融詐欺事件で自殺者が出たことは聞いている。おそらく被害者というのは、騙《だま》されて全財産を失い自殺した男性のことだろう。

「……なんて声をかけていいのかわからなかったよ……本当に」

思わず雪都は、クレイトンの手に自分の手を重ねた。

クレイトンが振り返り、青灰色の瞳でじっと雪都を見つめる。

「彼らと話している間、きみのことを考えてた。きみなら遺族になんて声をかけるだろうか、と」

雪都の手を両手で包み込んで、クレイトンは小さく息を吐いた。

「俺たちは事件の捜査に関しては誠心誠意やっているが、遺族の心のケアまではとても手がまわらない。以前はそのことを心苦しく感じていたんだが、今は身近に犯罪被害者のケアに関わっている人がいるから安心できるんだ。俺にはどうにもできないが、きみやカウンセラーが力になってくれる。彼らが立ち直る手助けをしてくれる、ってね」

「……そう思ってもらえるの、嬉しいです」

クレイトンの肩にもたれて、雪都は込み上げてきた感情を嚙《か》みしめた。

迷いもあるし自信も失いがちだが、やはり自分は犯罪被害者支援に関わりたい。

クレイトンの伴侶として彼の仕事に関わっていたいという気持ちもあるが、それだけではなく犯罪被害に遭った経験をクライアントと共有したいのだ——。

「さて、そろそろ夕食にする？　すっかり冷めてると思うけど」

「ええ、温め直して食べましょう」

クレイトンと顔を見合わせ、雪都はブランケットを巻き付けたまま勢いよく立ち上がった。

2月1日

「こんにちは、雪都先生」

犯罪被害者支援センターの図書室で本の登録作業をしていた雪都は、涼やかな声に顔を上げた。

「こんにちは、ウィラ。調子はどう？」

「まあまあかな。ここんとこ雪が降り続いてるから、ちょっとテンション下がり気味」

ウィラのおどけた表情に、雪都はくすりと笑った。

「あのさ、セッションは終わったんだけど、センターの終業時間までここにいていいかな」

「もちろん。お母さん、仕事が遅くなるの？」

ウィラはいつも学校からバスで来て、確か帰りは母親が車で迎えに来ていたはずだ。

「ううん……ちょっとひとりになりたくて」

彼女の言葉に、雪都は作業の手を止めた。

「何かあった？」

心配になって尋ねると、ウィラが小首を傾《かし》げるようにして微笑《ほほえ》む。

「別に何かあったってわけじゃないんだけど、たまにひとりになりたいの。学校でひとりでいると変な子だって思われちゃうし、家は妹と同じ部屋だから無視するわけにもいかないし」

「そっか。ひとりの時間も必要だよね。セッションのない日でも、いつでも来てかまわないよ」

「ありがとう」

「あ、僕ここでしばらく作業するけどいいかな。きみの読書の邪魔はしないから」

遠慮がちに申し出ると、ウィラが声を立てて笑った。

「もちろん。ひとりになりたいって言ったけど、こういう場所で完全にひとりだとちょっと怖いんだよね。雪都先生は、同じ空間にいるとなんか安心できるし」

「そう言ってもらえると嬉しいよ」

ウィラに微笑み返し、雪都はパソコンに向き直って本の登録作業に取りかかった。

年齢が近いせいか、雪都は子供や若い世代に懐かれることが多い。中にはカウンセラーには話しづらいけど雪都には話しやすいと言って、個人的な悩みを打ち明けてくる子もいる。ウィラも学校の友達と喧嘩《けんか》した際、雪都に助言を求めてきたことがあった。

カウンセリングの妨げにならない限り、そういった相談にはできるだけ対応するようエリンからも言われている。雪都としても、自分を信頼して相談してくれるのは嬉しいし、彼らと話すことで気づかされることも多い。

しばし作業に没頭していると、ふいにドアががちゃっと音を立てて開いた。振り返ると、図書室に入ってきたのはレイシーだった。

「こんにちは、レイシー」

カウンターにやってきた彼女に声をかける。レイシーはにこりともせずにバックパックから本を二冊取り出した。

「これ、借りてた本」

「ありがとう。えっと、久しぶりだね」

レイシーがため息をつきながら肩をすくめる。

「親に言われて仕方なく来ただけ」

不機嫌そうに言い捨てて、彼女は本をカウンターに置くとすぐに踵を返して図書室をあとにした。

「気にしないで。レイシーは誰に対してもあんな態度だから」

ウィラの慰めの言葉に、笑みを浮かべて小さく頷く。

一ヶ月ほど前からここに通い始めたレイシーは、グループセッションでもまったく心を開こうとせず、だんまりを決め込んでいる。

カウンセリングは家族や周囲の人に言われて渋々来るケースも多く、一、二回でやめてしまうクライアントも多い。レイシーも初回のグループセッションのあと、しばらくセンターから遠ざかっていた。

心を開くタイミングは人それぞれなので、途中でセッションをやめてしまった場合もセンターでは深追いしないようにしている。というか、センターが抱えるクライアントの数が多すぎて、そこまで手が回らないのだ。

レイシーはここに来てからずっと、針を尖《とが》らせたハリネズミのようにコミュニケーションを拒絶している。一見怒りと悲しみに取り憑《つ》かれているように見えるが、その瞳に怯《おび》えが潜んでいることに気づき、以来雪都は彼女のことを気にかけていた。

とはいえ、まだカウンセラーの資格を持たない自分にはどうすることもできない。顔を合わせるたびに声をかけ、〝きみのことを気にかけているよ〟というメッセージを送ることしかできないのがもどかしい。

「だけどレイシーの気持ちもわかる気がするんだよね。実際私も、事件の直後は誰とも話したくなかったし」

言いながらウィラが立ち上がり、カウンターに歩み寄ってくる。

「……うん。そういう時間も必要だよね」

「ああ、やっぱり。ちらっと表紙が見えたからもしかしたらと思ったんだけど、この本大好きなの」

先ほどレイシーがカウンターに置いていった本を手に取って、ウィラが顔をほころばせる。レイシーが返しにきたのは、ヴァンパイアもののファンタジー小説だ。少し前にティーンの間で流行して雪都も読んだのだが、壮大でロマンティックなストーリーは現実逃避にぴったりだった。

「僕も読んだよ。この世界観は引き込まれるよね」

「でしょう？　ヒロインがどんな酷い目に遭ってもへこたれずに立ち向かってくところが好き。あと、男に頼ろうとしないところもすごくいい」

ウィラが目を輝かせて力説する。

「レイシーもこの本気に入ったかな。好き嫌いが分かれるから、ちょっと話題に出しづらいんだよね」

ウィラの言葉に、雪都はふふっと笑った。

「そういうときは、さりげなく愛読者だってことをアピールするのがいいかも。グループセッションのときに早めに来て、表紙が見えるように読んだりとか」

「それいいかもね。学校ではなんとなく気恥ずかしくてアピールできないんだけど、今度ここに来るときバッグに公式グッズのバッジ付けてこよっと」

「うまくいくといいね」

これがきっかけで、レイシーがウィラと言葉を交わせるようになるといいのだが。

今のレイシーには、カウンセリングやグループセッションよりも同世代との気軽なおしゃべりのほうが効果がありそうな気がする。

「レイシーがファンだった場合に備えて、もう一回読み直しておかなきゃ」

本を手に取り、ウィラは自分に言い聞かせるように大きく頷いた。


午後八時、支援センターでの仕事を終えた雪都は、近所のスーパーに寄って帰宅の途についた。

ガレージに車を入れ、トランクから数日分の食料が入ったバッグを取り出す。

(こういうとき、ガレージから直接家に入れると楽なんだけど)

家を買うとき、クレイトンもその点を憂慮していた。荷物の運び入れだけでなく、防犯上もガレージと家がつながっているほうが安全だ。

ガレージの扉を閉め、降り積もった雪を踏みしめながら玄関へ向かう。

「ただいま」

誰もいないのはわかっているが、習慣で口にする。ドアを閉めて鍵をかけ、雪都は玄関ホール兼廊下を進んで奥のキッチンへ向かった。

(クレイトンは遅くなるって言ってたし、今夜は冷蔵庫に残ってるハムと野菜でサンドイッチにしようかな……。

クレイトンが帰ってきて空腹だったら、ツナ缶かベーコンで作り足せばいい。冷凍のかぼちゃでスープを作っておけば、残りは明日の朝食にもできる。

あれこれ考えながらキッチンの明かりをつけると、ふいに顔に冷たい風が吹きつけてきた。

「――!?」

裏庭に面したキッチンの窓が、すべて割れている。裏口のドアも上半分のガラスが嵌《は》まっている部分が割れて、目隠し用のカフェカーテンが風にはためいていた。

そして床には、泥だらけの靴跡が点々と……。

漏れそうになった悲鳴を、雪都はすんでのところで飲み込んだ。

(どういうこと⁉　誰かが窓を割って、家の中に入ったってこと⁉)

泥棒に入られたのは人生で初めての経験だ。いや、泥棒なのか単なる悪戯なのかわからないが、とにかく非常事態であることは間違いない。

家の中にまだ侵入者がいるかもしれないので、クレイトンから再三言われている通り、こういう場合はただちに家を離れて安全な場所に逃げてから通報しなくては。

食料品のバッグを抱きかかえたまま踵を返し、足音を立てないように玄関に急ぐ。

(落ち着け……落ち着いて、いつものように)

自分に言い聞かせながら、玄関脇のコンソールテーブルに置いた鍵を手に取る。そっとドアを開けて外に出ると、雪都は震える手で鍵をかけた。

ガレージに向かおうとして、向かいの家の明かりに気づく。

両隣は共働きのカップルで留守がちだが、向かいの老婦人はひとり暮らしでたいてい家にいる。数週間前に彼女が膝を痛めたときに何度か買い出しを手伝ったこともあり、いちばん気心の知れたご近所さんだ。

(マクビールさんの家から通報させてもらおう)

警察が来たときにすぐに対応できるし、冷凍食品も預かってもらえる。というか、現場検証などでいつ帰宅できるかわからないので、冷凍品と冷蔵品はすべて手土産にしたほうがよさそうだ。

非常事態だというのに買い込んだ食料品の心配をしている自分が可笑《おか》しくなり、雪都は慎重な足取りで道路を横断した。

◇◇◇

「この家の住人だ。通してもらえるか?」

家の前に停《と》めた車から降り立ったクレイトンは、制服姿の警察官にFBIの身分証を見せながら詰め寄った。

若い警察官が、気圧《けお》されたように玄関のドアを開けてくれる。彼を押しのけるようにして、クレイトンは急いで玄関ホールに足を踏み入れた。

——三十分ほど前、雪都からの電話で家に何者かが侵入したことを知った。

捜査官だというのに、電話を受けてクレイトンはひどく動揺してしまった。雪都が無事なのはわかっているし、現場検証は警察に任せておけばいいのだが、急いで仕事を終わらせ——というか、半ば強引に抜け出して駆けつけたところだ。

（雪都が侵入者と鉢合わせしなくて本当によかった……）

誰かが我が家に不法侵入したかと思うと腹立たしいが、雪都さえ無事なら何を盗まれても惜しくはない。とにかく雪都のことが心配で、電話で知らされたときからどうにかなりそうだった。

「雪都？　どこにいる？」

大声で呼びかけると、客間のソファにちょこんと腰掛けていた雪都が顔を上げた。

「雪都……！」

大股で歩み寄り、立ち上がった雪都を抱き締める。日頃は人前でのハグやキスを恥ずかしがる雪都も、安心したのかクレイトンの胸にしがみついてきた。

「大丈夫か？」

「ええ、大丈夫です。電話で話した通り、すぐに家を離れたので」

雪都の頬や額にキスしていると、続き部屋のフォーマルダイニングから中年の女性警察官が現れた。もう少し抱き締めていたかったが、雪都が居心地悪そうに身じろぎしたので背中を撫《な》でつつ体を離す。

「ガードナー捜査官？　担当のモラレスです」

「ええ、よろしく。何かわかりました？」

「地下室、二階、すべてチェックしましたが無人でした。盗《と》られた物がないか確認していただきますが、その前に侵入現場を」

促され、彼女のあとに続いてキッチンへ向かう。キッチンにはもうひとり男性の警察官がいて、床の足跡を撮影しているところだった。

「侵入者は裏口のガラスを割って鍵を開けてます」

「窓はなんのために割ったんだ？」

一枚残らず割られた窓を見やり、クレイトンは眉根を寄せた。

「それが……私も不思議なんですが、裏庭に面した窓がすべて割られてるんです。ファミリールーム、ランドリールーム、それにバスルームも」

侵入したいなら裏口のガラスだけ割れば済む話だ。侵入よりも嫌がらせが目的だったのだろうか。

「セキュリティシステムは？　今朝家を出る際にオンにしたはずだが」

「アラームもカメラもオフになってました。捜査官はご存じでしょうが、このタイプのセキュリティシステムは暗証番号を読み取るリーダーがありますので」

もちろん知っている。当然ながら公には出まわっていないが、ダークウェブなどで売買されている犯罪グッズのひとつだ。

クレイトンが導入したのは一般家庭用としては強固なシステムだったのだが、それが破られたとなると、次はもっと高性能のシステムにしなくては。

「侵入時刻はわかります？」

「午後三時十五分ですね。アラームが鳴った記録がありますが、警備会社に通報が行く前に素早く解除したようです」

「手慣れた感じだな」

ガラスの破片を踏まないように気をつけながら、裏口のドアに近づいて覗《のぞ》き込む。

「ええ、指紋も遺留品もなし、靴も大量販売されているありふれたブーツです」

クレイトンも足跡を見てすぐそのことに気づいた。足跡を残してもまず特定されることはないので、捜査官の間で犯罪者愛用シューズと揶揄《やゆ》されているメーカーのものだ。

「足跡はキッチンだけ？」

「ファミリールームと階段付近にも。歩きまわってるうちに泥が落ちたようで、判明したのはそこまでです」

「了解。じゃあ盗まれた物がないか見てくるよ」

客間に戻り、茫然《ぼうぜん》とした様子でソファにうずくまっている雪都にもう一度「大丈夫?」と尋ねる。

「ええ、あなたが帰ってきてくれたのでだいぶ落ち着きました」

雪都のやわらかな笑みにほっとし、クレイトン自身も先ほどまで胸の中で吹き荒れていた風が落ち着いていることに気づいた。

「ならいいんだが。なくなった物がないかチェックしたいんだが、何か気づいたことは?」

「一階をざっと見ただけなんですけど、予備の鍵は全部あるし、電化製品も手つかずです」

「一緒に二階に行こう」

階段に向かいながら、雪都の肩に手をまわす。

「窓が割れた家で寝起きするわけにはいかないから、しばらくホテル暮らしだな」

「ええ……さっき警察のかたに聞いたんですけど、キッチンだけじゃなくて家の裏手の窓が全部割られてたんでしょう?」

「ああ、修理に時間がかかりそうだ」

「どうしてわざわざ窓を割っていったんだろう……侵入するなら裏口のドアだけでいいのに」

雪都もその点が気になったらしく、怪訝《けげん》そうに眉をひそめている。

「盗みが目的じゃなかったのかもな。嫌がらせか、もしくは欲しい物が見当たらなくて腹いせに割っていったとか」

「変ですよね。意図がわからないと、なんか余計に怖いです」

寝室の前でぶるっと肩を震わせた雪都を、クレイトンはぎゅっと抱き寄せた。

「通りの防犯カメラに映ってるだろうから、多分すぐ捕まるさ。どうして窓を割ったのか、本人に訊《き》いてみよう」

敢《あ》えて軽い調子で答えたが、胸にもやもやと黒雲が立ちこめていた。

捜査官は犯罪者の恨みを買いやすい。実際シカゴ勤務時代、同僚が出所した男に執拗《しつよう》につけまわされたことがあった。

単なる空き巣ならいいのだが、クレイトンへの報復が目的なら、これはかなりまずい事態だ。

狙われているのが自分ひとりなら対処できるが、雪都の身に危険が及ぶようなことがあれば、自分は——。

「寝室もなくなった物はないと思います……多分」

雪都の声に、はっと我に返る。

「ああ、この部屋には金目の物はないしな。書斎は？」

「見てきます」

今は雪都をひとりにしたくない。華奢《きゃしゃ》な背中を追って、クレイトンは雪都の書斎へ足を踏み入れた。

◇◇◇

時刻は十一時をまわろうとしている。家からいちばん近いホテルの一室で、風呂上がりの雪都は窓の外を見下ろした。

すっぽりと雪で覆われた公園の木々を、街灯の明かりがやわらかく照らし出している。降り続いていた雪はいつのまにかやんで、夜空には月が浮かんでいた。

静かで平和な、心が和む光景だ。

けれど雪都の心は、不穏な黒雲に覆われたままだった。

(どうしてうちだけ狙われたんだろう……)

空き巣の場合、近隣一帯がターゲットになる場合が多いらしいが、侵入があったのは雪都とクレイトンの家だけだった。ここ半年の記録を遡っても、近所で空き巣や強盗の通報はなかったという。

うちだけ戸締まりが手薄だったわけではない。近所にはセキュリティシステムを設置していない家も何軒かあるし、隣はいつもガレージの扉を開けっぱなしで出かけている。

クレイトンと一緒に確かめたところ、キッチンの引き出しから銀製のカトラリーセットがなくなっていた。それと奮発して買った日本製の包丁一式、買ったばかりで箱に入ったままのフードプロセッサーも。

引越祝いにと雪都とクレイトンの両親がそれぞれ贈ってくれた有田焼《ありたやき》の食器セット、ボヘミアガラスのデカンタとワイングラスのセットが無事だったのが幸いだ。短時間で持ち出すには面倒だと判断したのだろう。

現時点でわかっているのは、侵入者がひとりだったこと、靴のサイズから男性であろうということ。アラームが鳴り響く中、冷静に素早くセキュリティシステムの暗証番号を解除していることから、手慣れているらしいことも窺える。

侵入時刻が午後三時過ぎだったと聞いて驚いたが、考えてみたら空き巣に入るにはちょうどいい時間かもしれない。平日の日中は、両隣を含めた近所もだいたい留守にしている。

いちばん不可解なのは、侵入者が裏庭に面した窓ガラスを全部割っていったことだ。

『捜査官になって結構経《た》つけど、犯罪者の心理はいまだによくわからないよ。多分一生理解できないし、正直なところ理解したいとも思わないが、何か彼なりの理由があったんだろう』

そう言って、クレイトンは肩をすくめた。

クレイトンが言っていたように、単なる嫌がらせか腹いせで、特に意味のない行動だったのかもしれないが……。

（ひょっとして犯人はガラス屋さんで、ガラスをたくさん割れば商売が繁盛すると思ったとか？）

そんな考えが頭をよぎり、苦笑する。

いくらなんでも考えすぎだ。馬鹿げた理由で人を疑うなんて、自分らしくない。

クレイトンはすべての事柄を疑いの目で見るよう訓練されているが、自分は捜査官ではない。

他人を疑いの目で見るようなことはしたくないのに、何度も犯罪に巻き込まれているうちに猜疑心《さいぎしん》が強くなってしまった気がする。

「雪はやんだみたいだな」

背後から聞こえた声に、雪都は振り返った。

バスローブ姿のクレイトンが、湿った髪をタオルで拭きつつ歩み寄ってくる。

「ええ、明日は晴れるみたいです」

「大丈夫？」

言いながら、クレイトンの指が気遣わしげに髪に触れてきた。

「ええと……まだちょっとこの辺がざわざわしてますけど、だいぶ落ち着きました」

自分の胸を指さしながら答えると、そっと肩を抱き寄せられる。

普段からクレイトンはスキンシップが多いほうだが、今夜は特に多かった。クレイトンに触れられていると安心できるし、クレイトンもそのことをよく知っている。

触れてくる手に性的な意図は皆無だ。雪都が不安を抱えているときや恐怖に怯えているとき、クレイトンはセクシャルな行為を仕掛けてこない。誘ったり匂わせたりすることもなく、だからこそ安心して彼の腕に身を委ねることができるのだ——。

「明日の朝、向かいの公園を散歩してみないか？」

「いいですね。家から近いのに一度も来たことなかったですし」

「公園から戻ってからルームサービスで朝食にしよう。ちょっとした旅行気分だな」

クレイトンの言葉に、雪都は口元をほころばせた。

クレイトンは気持ちの切り換えが上手だ。あれこれ考えてもやもやしているより、こうやって物事のいい面を見たほうがずっといい。

侵入者と鉢合わせせずに済んだし、大事な物も盗まれなかった。数時間後にはこうして快適なホテルの一室で、穏やかな気持ちでクレイトンの胸に寄りかかっている。

頭の隅に黒雲の欠片《かけら》が残っていたが、それを振り払うように雪都は目を閉じた。

2月5日

大学の研究室を出たところで、ショルダーバッグの中でスマホが着信音を響かせる。小さな振動にびくりとしてしまい、そんな自分に苦笑しつつ雪都はスマホを取り出した。

廊下を歩きながら画面を見ると、電話は親友のジュリアン・ガードナー――クレイトンの弟からだった。

「もしもし?」

ひとけのないロビーに移動し、長椅子に浅く掛ける。

『もしもし、俺。今いい?』

「いいよ。さっき授業が終わって、これからぼちぼち帰ろうと思ってたとこ」

『今日から家に戻るんだろ? 大丈夫?』

心配そうなジュリアンの声に、雪都は口元を緩めた。

「大丈夫だよ。ガラスも全部直ったし、セキュリティシステムの暗証番号もリセットしたし、念のために鍵も換えたし」

昨日の午後クレイトンが業者のガラス修理に立ち会ってくれて、今朝は雪都も一緒に鍵の交換に立ち会った。

『ならいいけど……。まあクレイトンがついてるから心配ないだろうけど、俺も雪都のことは心配なんだよね』

「ありがと。今日は研修先の仕事ないし、明るいうちに帰れるから、ほんと心配しないで」

『わかった。じゃあまたね。クレイトンによろしく』

「うん。サイラスにもよろしくね」

サイラスはジュリアンの彼氏で、雪都とクレイトンが結ばれたのと同時期につき合い始め、今はシリコンバレーで一緒に暮らしている。

カフェ経営者を目指して今は大手コーヒーショップチェーンで社員として働くジュリアンは、明るく社交的な好青年だ。性格は正反対だがなんでも話せるいちばんの親友で、同い年ながら頼りになる兄貴的存在でもある。

笑みを浮かべつつ通話を切って、雪都は窓の外の寒々しい曇り空に視線を向けた。

そう、何も心配ない。

クレイトンはセキュリティシステム自体をもっと強固なものに換えたいらしいが、あいにく業者はどこも手一杯で、工事は早くても来週以降になるという。

『セキュリティシステムを換えるまで、もうしばらくホテル暮らしを続けよう』

クレイトンの提案に、雪都は首を横に振った。

『犯人だって同じ家に立て続けに侵入しようとは思わないでしょう。警察も、この地区を重点的にパトロールしてくれてますし』

心の片隅に巣くっている恐怖心を押し隠し、雪都は敢えて軽い口調で答えた。

アメリカの大都市に住んでいる以上犯罪と無縁ではいられないし、いちいち怖がっていては暮らしていけない。

それに、空き巣程度でいつまでも怯えていると思われたくなかった。

過去に犯罪に巻き込まれたせいか、クレイトンは雪都に関してひどく心配性になっている。

クレイトンひとりだったらこれほどセキュリティシステムにこだわらなかっただろうし、鍵の交換も急がなかっただろう。

クレイトンを心配させたくないし、彼の負担になりたくない。捜査官のパートナーとして
……いや、その前にひとりの大人として、臆病で頼りない存在でいたくないのだ。

(それに、犯罪被害者を支援するカウンセラーを目指してるんだし)

唇を引き結び、立ち上がる。

気を紛らわすように今夜の夕食のメニューを考えながら、雪都は階段を駆け下りた。

玄関のドアの前に立ち、ポケットから取り出した新品の鍵を慎重に鍵穴に差し込む。

「……ただいま」

小声で呟いて、雪都はおそるおそる家の中へ入った。ドアを閉めて鍵をかけ、ぐるりと室内を見まわす。

玄関ホールを兼ねた板張りの廊下、アンティークのコンソールテーブルとやわらかな明かりのウォールランプ――。

大丈夫、何も異変はない。今朝クレイトンと一緒に様子を見に来たときとまったく同じだ。

振り返ってもう一度鍵がかかっているか確認してから、雪都は一歩一歩踏みしめるように廊下の奥へ進んだ。

ほんの少し煙草《タバコ》の匂いが漂っているような気がするが、鍵の交換に来てくれた業者の残り香だろうか。

(だけど鍵の業者さん、煙草の匂いなんてさせてなかったよね?)

びくびくするあまり、ありもしない匂いを感じているのかもしれない。そう考えてやり過ごそうとしたものの、廊下を進むにつれて次第に匂いははっきりしてきた。

煙草と……それだけではない、何か変わった匂いがする。ガラス修理の際の接着剤や薬品などの匂いだろうか。

夕食の支度をする前に、窓を開けて換気したほうがよさそうだ。そんなことを考えながら廊下の突き当たりのキッチンに足を踏み入れ、買ってきた食材を冷蔵庫に入れる。

窓を開けようとキッチン中央のアイランドカウンターを回り込んだ雪都は、足元の何かに躓《つまず》いて転びそうになり、慌てて窓際のシンクに手をついた。

(何……？)

いったい何に躓いたのか、確かめようと振り返る。

「――――！」

それを見た瞬間、呼吸が止まり、時間も止まったように感じた。

見知らぬ男性が床に俯せに倒れている。薄汚れたジーンズ、黒いダウンジャケット、泥だらけのブーツ。

男は床に頬を押しつけるようにして目を見開いており、床には赤黒い液体が広がっていた。

――誰かが悲鳴を上げている。

数秒後、雪都は甲高いその悲鳴が自分の喉から漏れたものだと気づいた。いつのまにか床にへたり込み、体じゅうががたがたと激しく震えている。

(……まさか、し、死んで……？)

目を逸らしたいのに逸らせない。

いや、目を逸らしてはだめだ。生きているなら、一刻も早く助けなければ。

男性の後頭部、もつれたダークブラウンの髪の間に大きな裂け目がぱっくりと開き、床の血《ち》

溜《だ》まりはそこから流れ出たものだとわかった。

雪都の位置から見える横顔は蒼白《そうはく》で、生きているようには見えない。

しかし頸動脈《けいどうみゃく》に手を当てて確かめるまで、死んでいると決めつけるのは早計だ。

わかっているのに体が動かなかった。ふいに猛烈な吐き気が込み上げてきて、よろけながら立ち上がってシンクに吐き出す。

(救急車……いや、警察呼ばなきゃ)

情けないが、自分には男性の安否を確かめることはできそうにない。今すぐ警察に通報することが、自分にできる精一杯の対応だ。

男性のそばから離れたくて、足をもつらせながらキッチンを脱出し、どうにか客間にたどり着く。震える指でスマホを操作し、雪都は無機質なコール音に意識を集中させた。

手足が氷のように冷たい。胃の中の物はすべて吐き出したはずなのに、吐き気と悪寒が治まらなかった。

ひょっとして、これは悪い夢ではないか。先日の空き巣騒動で神経が過敏になっていて、悪夢にうなされているだけではないのか。

(いや、これは現実なんだ。現実だってことを受け入れないと)

これまでにも遺体を発見したことは何度かある。当然ながらショックを受けたし動揺もしたが、これほど心身にダメージを受けたのは初めてだった。

そうだ――過去の遺体発見時は、いつもクレイトンがそばにいた。クレイトンと一緒だったから、自分はどうにか取り乱さずにいられたのだ。

そしてクレイトンは、雪都が遺体を直視しなくて済むように常に気を配ってくれていた。

『雪都？』

電話の向こうから、今いちばん会いたい人の声が聞こえてきた。警察に通報するつもりが、どうやら無意識にクレイトンにかけてしまったらしい。

「……クレイトン……っ」

絞り出した声はひどく震えて掠れていた。雪都の異変を察知したらしいクレイトンが、『どうした？　今どこだ？』と心配そうに尋ねてくる。

「い、家なんですけど……帰ってきたら、キッチンに、人が……知らない男性が倒れてて」

クレイトンが、はっと息を呑《の》んだのがわかった。けれどさすがに捜査官だけあって、『生きてるのか？』と問いかけてくる声は落ち着いている。

「わかりません……だけど血が……頭に傷があって、出血がすごくて」

『警察には？』

「まだです、九一一にかけるつもりが、あなたに電話しちゃって……」

『わかった、警察には俺が通報する。きみはすぐに家を出て、車か向かいのマクビールさんの家へ』

「はい」

まだ恐怖と動揺で体が小刻みに震えているが、クレイトンの声を聞いているうちに、次第に気持ちが落ち着いていく。

『大丈夫か？　いや、大丈夫じゃないよな。だけど気をしっかり持つんだ。俺もすぐにそっちへ向かう』

通話が切れて、雪都はそばのソファにくずおれるようにして掛けた。

（だめだ……今すぐ外に出ないと）

気力を振り絞り、立ち上がって玄関へ向かう。しかしドアの外に出たところで力尽きて、玄関ポーチの階段にへたり込んだ。

目を閉じ、両手で顔を覆う。瞼《まぶた》にキッチンの床に倒れていた男性の姿がありありとよみがえり、慌てて目を開ける。

帰宅したときに感じた煙草の匂いは、あの男性のものだったのかもしれない。煙草とともに感じた異臭が血の匂いだったのではないかと思い当たり、また気分が悪くなってくる。

（どうして？　なぜうちで？）

先日の空き巣と関係あるのだろうか。それに、いったいどこから家に入ったのだろう。

次々疑問が湧いてくるが、ますます頭が混乱するばかりだった。

あの男性とは今まで会ったことがない——それは確かだと思う。ガラスや鍵の業者の中にも、彼を見かけたことはなかった。

そういえばキッチンの裏口の鍵を確かめていない。ガラスは割れていなかったと思うが……。

金縛りに遭ったかのように動けずにいると、やがて遠くからパトカーのサイレンが聞こえてきた——。

◇◇◇

雪都から電話を受けたクレイトンは、ひどく取り乱していた。

仕事柄、遺体——まだ死んでいると決まったわけではないが——発見の知らせには慣れているものの、発見者が雪都となれば話は別だ。

(家にひとりで帰すんじゃなかった)

信号待ちでいらいらとハンドルを指で叩き、そんな自分に気づいて顔をしかめる。

「落ち着け、冷静に」

声に出して自分に言い聞かせるが、信号が青になったとたん、普段より強めにアクセルを踏んでしまった。危うく前の車にぶつかりそうになり、慌ててブレーキを踏んで悪態をつく。

こんなときこそ、物事のいい面を見るべきだろう。

何よりよかったのは、雪都が無事だったこと。多分、というかほぼ確実に、これは殺人事件だ。雪都が犯人と鉢合わせせずに済んだことに感謝せねばなるまい。

夕刻のラッシュには少し早い時間帯だったので、車は渋滞に巻き込まれることなく郊外へたどり着く。家の前にはパトカーが三台停まっており、敷地に黄色い規制テープが張り巡らされていた。

路肩に車を停め、我が家へ向かう。先日の空き巣事件のときと同じ警察官が、クレイトンに気づいて規制テープを持ち上げてくれた。

「ガードナー捜査官、お待ちしてました。中へどうぞ」

「雪都は？」

尋ねると同時に、雪都が警察官に付き添われてパトカーの後部座席に乗り込もうとしていることに気づく。

驚いて、クレイトンはパトカーに駆け寄った。

「どういうことだ!?　雪都を容疑者扱いか!?」

警察官の肩を摑み、食ってかかる。

振り返った若い警察官が、困惑したように「違います」とくり返した。

「ずっと外にいて寒そうで……だけど家の中に入りたくないと言うので、パトカーで休んでもらおうと……」

慌ててクレイトンは、彼を摑んでいた手を離した。

「すまない、つい……」

自分の勘違いが恥ずかしい。冷静に考えればわかるはずなのに、目にした瞬間、理性のたがが音を立てて弾け飛んでしまった。

「クレイトン？」

パトカーのドアが開いて、雪都が顔を覗かせる。

急いで〝頼りになるパートナー〟かつ〝理性的な大人の男性〟らしく見える笑顔を作り、クレイトンは雪都のほうへ向き直った。

「すまない、もっと早く帰ってこられたらよかったんだが」

「いえ、あなたの通報で、すぐにパトカーが来てくれたんです」

雪都は顔色が悪く、ひどく憔悴《しょうすい》した様子だった。立ち上がる気力もないようで、視線が定まらず虚《うつ》ろなのも気がかりだ。

パトカーのそばへ歩み寄り、屈んで雪都の顔を見上げる。

「きみをひとりで家に帰すべきじゃなかった」

「僕も……あなたの言ってた通り、もうしばらくホテル暮らしを続けてたらって思います」

「大丈夫か？　ずいぶん顔色が悪いけど」

膝をさすりながら尋ねると、雪都はぐったりとシートにもたれかかった。

「ちょっと気分が悪くて……あの、さっき警察官のかたにも伝えたんですけど、キッチンのシンクに吐いちゃったんです。現場はなるべく保存したほうがいいと思って流さずそのままにしてますけど、びっくりしないでくださいね」

「了解。ずっと外にいたんだって？　喉渇いてない？」

「ええ……水を飲みたいです」

「待ってて。すぐ取ってくる」

立ち上がり、雪都の青ざめた頬をひと撫でしてから、クレイトンは家へ急いだ。

「ガードナー捜査官？」

家に入ったとたん、私服の刑事らしき男性に呼び止められる。

「ええ、そうです。すみません、ちょっとパントリーに入らせてもらえます？」

刑事は怪訝そうな顔だったが、構わずクレイトンは手袋をはめてキッチンの手前にあるパントリーの扉を開けた。箱からミネラルウォーターのペットボトルを二本取り出し、玄関へ戻る。

「すまないが、これを雪都に……パトカーの中の彼に渡してもらえるかな」

家の前に立っていた警察官にペットボトルを手渡したところで、新たな警察車両がやってくるのが見えた。おそらく鑑識班だろう。

(長丁場になりそうだな)

クレイトンは慣れているが、心身ともにダメージを受けている雪都をパトカーの中で待たせたままにしておくのは可哀想《かわいそう》だ。

「すみません、雪都の事情聴取はもう終わってます？」

キッチンに戻って声をかけると、先ほどの刑事が振り返って頷いた。

「ええ、かなりショックを受けていたようですが、記憶が薄れないうちにと」

「じゃあホテルで休ませていいかな？　具合が悪そうなんだ」

「構いませんよ」

刑事の返事を聞くなり、クレイトンはスマホを取り出した。今朝まで宿泊していたホテルに予約を入れ、タクシーを手配する。雪都にタクシーでホテルに行って休むようメールし、急いで捜査官モードに切り替えた。

「それで、遺体はどこに？」

裏口のドアを調べていた女性警察官が振り返る。先日の空き巣事件の際に来てくれたモラレスだ。

「こちらです。アイランドカウンターの陰に倒れていたので、帰宅した雪都さんもすぐには気づかなかったそうで」

今朝雪都は、家に帰ったら久々に料理をしたいと言っていた。おそらく買ってきた食材をまず冷蔵庫に入れたのだろう。

アイランドカウンターを回り込み、床に倒れた男を見下ろして眉根を寄せる。

クルミ材の床には禍々《まがまが》しい血だまりができていた。かっと目を見開いた顔がはっきり見えるし、後頭部の大きな裂傷も生々しい。

(これを見ちまったのか)

このような悲惨な現場は雪都の目には入れたくなかった。目に焼きついた光景は、今後も雪都の心に暗い影を落とすに違いない。

「検死の結果を待たないと時間は特定できませんが……」

まだ年若い刑事が、背後から遠慮がちな口調で切り出す。

「ああ、だけどかなり絞り込めるだろうな。今朝鍵の交換に立ち会って、雪都と一緒に家を出たのが十時前後。雪都から電話があったのが十五時半。セキュリティシステムは?」

鑑識班が入ってきたので、邪魔にならないようクレイトンはキッチンをあとにした。

「今回も暗証番号を読み取って解除したようです」

モラレスが壁のパネルを指し示す。

「前回の空き巣と同一犯の可能性が高そうだな」

「ええ、おそらく。ただ、前回は派手にガラスを割って侵入してましたけど、今回はピッキングなんです」

モラレスの言葉に、クレイトンは首を傾げた。前回ガラスを割ったのは、ピッキングの技術を持ち合わせていないためかと思ったのだが……。

「空き巣のときは単独で、今回は複数で押し入って仲間割れってところかな」

「ええ、靴跡が複数確認できました」

刑事が答えたところで、誰かが階段を上ってくる足音が聞こえてきた。

振り返ると、スーツ姿の年嵩《としかさ》の男性が右手を差し出しながら歩み寄ってくる。

「殺人課のシムズ警部補です。彼はベネット巡査部長。モラレスとは前回の空き巣のときに会ってますよね？」

「ええ。ガードナーです。よろしく」

手袋越しに軽く握手しつつ、クレイトンはちらりと窓の外を見やった。家の前に停まったタクシーに雪都が乗り込んだのを確認してから、シムズ警部補に視線を戻す。

「報告書を読みましたけど、おそらく遺体の男性が先日の空き巣犯でしょう。靴跡と同じメーカー、同じサイズのブーツを履いてます」

「別々の事件とは考えにくいですしね。凶器は？」

「まだ見つかってません。地下を見てもらえますか。犯人と被害者が地下室で争ったらしい形跡があるので」

頷いて、クレイトンは地下への階段へ向かった。慎重に一段ずつ下りていくと、血が点々と落ちていることに気づく。

「キッチンで倒れる前に既に負傷してたみたいですね」

「ええ、地下で犯人と争って、裏口から逃げようとしたところを後ろから殴られたのではないかと」

階段を下りきって地下室をぐるりと見まわし、クレイトンはため息をついた。

「派手にやってくれたな」

シムズの仮説通り、地下は明らかに複数の人間が争った痕跡があり、ひどい有様だった。ソファは蹴り飛ばされたらしく仰向けに倒れ、ビリヤード台に叩きつけられた椅子は脚が折れている。シェードランプは床に落ちて割れているし、カードテーブルの上に置いてあったチェス盤と駒も散乱していた。

事件現場は先入観のない新鮮な目で見なくてはならないが、自分の家となるとやはりいろいろと余計な感情が湧いてくる。もちろん今回の事件の捜査は管轄である地元の警察にすべて委ねるつもりだし、そもそも自分には口出しする権限はないのだが。

「ちょっと見ていただきたいんですが、ここは元々壊れていたんですか?」

散乱した物を踏まないよう、シムズが慎重な足取りで部屋の隅に移動する。ランプの破片を避けながらクレイトンもシムズのあとに続き、シムズが指し示した場所を見て眉根を寄せた。

――壁際の床板が二枚外れて、床下の配管が見えている。

「いいえ、床板はどこも剝がれてなかったし、緩んでもいなかった」

「では、これは何者かが故意に外したということですね」

シムズと顔を見合わせ、クレイトンは頷いた。

「誰かが暴れた拍子に壊れたって感じでもないですね。床下の何かを取り出した？」

「あるいは床下に何か隠そうとして妨害されたとか？　鑑識が床下も調べますので、申し訳ありませんが一メートル四方ほど床板を……」

「ええ、剝がしてもらって構いません」

床下に犯罪者が狙う何かがあったかもしれない可能性に、クレイトンの眉間の皺が深くなる。

捜査官の職業病か、古い家の床下から出てくるものといえば真っ先に白骨死体を思い浮かべてしまい……。

「まったく、これ以上雪都にショックを与えないでくれよ」

ぼそっと口の中で呟いて、クレイトンはなくなった物がないか点検に取りかかった。


ホテルのエレベーターを降りて、クレイトンは左右を見渡した。日付が変わったばかりの廊下に人の気配はなく、しんと静まり返っている。

分厚い絨毯《じゅうたん》を踏みしめながら、廊下の最奥にある部屋へ向かう。

クレイトンの希望通り、ホテルは今朝まで泊まっていた最上階のスイートルームを用意してくれた。効果があるのかどうかわからないが、雪都の環境の変化によるストレスを最小限に抑えたかったのだ。

——家の中を調べ、なくなった物がないことを確認すると、クレイトンはシムズ警部補たちに捜査を任せて自分の仕事に戻った。

上司は有休を取るよう言ってくれたが、そういうわけにもいかない。捜査中の事件に新たな展開があったばかりだし、雪都も過度に心配性のパートナーがつきっきりだと息が詰まるだろう。

（俺が現場に顔を出したら、刑事たちもやりづらいだろうし）

わざわざ首を突っ込まなくても、窃盗団の仲間割れなら解決にさほど時間もかからないと思われる。今やるべきことは、ショックを受けている雪都を支え、自分の仕事に集中すること。

とはいえ自分の家で起きた事件なので、捜査状況は把握しておきたい。クレイトンが仕事を終えて退勤する前、シムズからいくつか報告があった。

まず遺体の死因、これは予想通り鈍器による撲殺で、凶器は近所の家の植え込みの中から発見された。

『指紋はありませんでしたが、血がついたままだったので、慌てて持ったまま逃げ出したものの、我に返って投げ捨てていったってところでしょうね』

添付された写真には、キッチンに吊《つる》してあった銅製のフライパンが写っていた。

今回家からなくなったものはそれだけだったので、凶器として使われたことには驚かなかった。雪都が気に入っていたので殺人に使われたことは腹立たしかったが、ありふれた品なのでまた買うことはできる。

（ま、雪都は同じ物を使いたがらないだろうけど）

そして検死の結果、死亡推定時刻は十一時から十三時の間と判明。通りの防犯カメラ何ヶ所かに被害者らしき男性が映っており、そこから絞り込んで家に侵入したのは十一時半以降とわかっているので、死亡時刻ももっと狭められるだろう。

被害者の身元はまだわかっていないが、空き巣の手口から前科がありそうなことが窺えるので、指紋か顔認証でほどなく判明するはずだ。

床板が外れていた件については少しだけ進展があった。鑑識が該当箇所の床下を調べたところ、長辺が三十センチほどの長方形の何かが置かれていた痕跡が見つかったらしい。

『形状から箱だと思われます。犯人の狙いはその箱だったんでしょうね。床下から取り出したところで仲間割れをしたのか、男を殺して箱を持って逃げた』

問題は、箱の中に何が入っていたのか、だ。人を殺してまで奪い取りたいもの――金、宝石、貴金属、あるいは誰かを強請《ゆす》るための証拠品。

そんな物騒なものが我が家の床下に眠っていたなんて実に腹立たしいが、とりあえずその忌まわしい何かは犯人が持ち出してくれたので、今後誰かがそれを狙ってあの家に侵入することはないだろう。

カードキーでドアを開けて、音を立てないようするりと部屋に入る。

明かりのついたリビングに雪都の姿はなかった。バスルームを覗くが、ここにもいない。

こんな時間だし、もう寝ているのだろう。ベッドルームのドアをそっと開けると、ダブルベッドの端で雪都がブランケットを被って丸くなっているのが見えた。

起こさないように足音を忍ばせながら近づき、屈んで顔を覗き込む。

枕に顔を押しつけるようにして、雪都は小さな寝息を立てていた。わずかに眉根を寄せており、いつもは穏やかな寝顔が苦悶《くもん》の表情を浮かべているように見える。

（悪い夢を見てなきゃいいんだが）

隣のベッドに浅く掛け、クレイトンはしばし雪都の寝顔に見入った。

安心できるはずの我が家で他殺体を見つけてしまうなんて、どれほどショックだったことだろう。仕事柄見慣れているクレイトンも、家の中で見知らぬ男の死体を発見したら大声で叫んでしまいそうだ。

（可哀想に……当分の間、目に焼きついて離れないだろうな）

雪都には話していないが、捜査官になって最初の事件現場で、自分も気分が悪くなって吐いたことがある。先輩捜査官に『真っ当な感覚の持ち主ってことだ。これを見て平気でいられる奴《やつ》のほうが怖い』と慰められたが、数日間食事が喉を通らなかったことを思い出す。

今もまったく平気になったわけではなく、現場に向かうときは常に感情を封印するようにしている。痛みや悲しみ、怒りを感じる部分の機能をオフにしないと、捜査官の仕事はやっていられない。

それでも悲惨な現場の記憶は、ときに夢に出てきてクレイトンを苦しめることがある。ひとり暮らしだったシカゴ支局勤務時代、悪夢にうなされることもしばしばだった。

雪都と一緒に暮らし始めてから悪夢の回数はがくんと減ったが、それでも凄惨な光景を目の当たりにしたり、疲労が溜まっているときなど、夜中に声を上げて目を覚ますことがある。

『どうしたんです……？』

驚いた雪都に心配されるたびに『大丈夫、なんでもないよ』とごまかしているが、おそらく雪都は気づいている。気づいていながら敢えて追及しないのは、クレイトンが自分から話すまで待つというサインだろう。

正直なところ、ときどき何もかもぶちまけて雪都に優しく慰めて欲しいと思うことがある。

そうしないのは弱い男だと思われたくないからだ。自分でも馬鹿げたプライドだとわかっているのだが……。

「……んん……」

雪都が寝返りを打ち、苦しげな表情で吐息を漏らす。

起こすべきかどうか迷っていると、雪都は小さな悲鳴とともに目を覚ました。

「雪都」

急いでクレイトンは、雪都のそばに跪《ひざまず》いた。

大きな瞳は恐怖に見開かれ、唇がかすかに震えている。目の焦点が合っておらず、自分が今どこにいるのかわからなくて混乱しているようだった。

「怖い夢を見たのか？　もう大丈夫だ」

雪都の手を握り、クレイトンは安心させるように笑みを浮かべた。

恐怖に固まっていた雪都が、我に返ったように瞬《まばた》きをくり返す。

「おかえりなさい……」

「ああ、ただいま」

雪都の手を両手で包み込み、手の甲に軽く口づけする。

ようやく強ばっていた気持ちがほぐれたらしく、雪都がふわっとやわらかく微笑んだ。

「……何かわかりました?」

「少しね。その話は明日の朝にしよう」

「ええ……そうですね」

素直に頷き、雪都が目を閉じる。

完全に覚醒してなくて夢うつつだったのかもしれない。目を閉じた雪都は、あっというまに眠りに落ちていった。

愛《いと》おしいその寝顔を見つめながら、クレイトンは雪都が二度と悪夢にうなされることがないよう願わずにいられなかった。

2月6日

——時刻はまもなく午前八時になろうとしている。

ホテルの大きな窓から差し込む朝日が眩《まぶ》しくて、雪都《ゆきと》は目を細めながら立ち上がった。ブラインドを調節し、向かいの公園の木々に降り積もった雪を見下ろす。

今日はいい天気になりそうだ。空が晴れても気持ちは晴れそうにないが、それでも灰色の曇り空よりはよっぽどいい。

「じゃあ行ってくる。何かあったら電話して」

ぼんやり外を眺めていると、背後からクレイトンの気遣わしげな声が降ってきた。

隣にやってきたクレイトンを見上げ、口元に笑みを浮かべてみせる。

「ええ、そうします」

「遠慮はいらないからな。すぐには出られないかもしれないが、必ず折り返すから」

言いながらドアノブに手をかけたクレイトンが、思い直したように振り返った。

「やっぱり今日は仕事は休んだほうがいいんじゃないか？」

「大丈夫です。ひと晩ぐっすり眠って回復しましたから」

「本当に？　無理してない？」

　重ねて問われ、雪都はふふっと声を出して笑った。

「無理してません。もちろん完全に吹っ切れたわけじゃないですけど、ここでひとりで過ごしてたら余計なことばかり考えちゃいそうで。忙しくしてたほうが何も考えずに済みますから」

「ああ……それもそうだな」

　クレイトンにも思い当たる節があるのだろう。雪都の前では決して弱音を吐かないが、捜査官の仕事をしていたら目を覆いたくなるような光景に遭遇することも多いはずだ。

「行ってきます」

　雪都を抱き寄せて頬に軽くキスし、クレイトンが名残惜しげに部屋をあとにする。

「行ってらっしゃい」

　クレイトンを見送り、雪都は小さく息を吐いた。

　覚束《おぼつか》ない足取りでソファに向かい、どさりと倒れ込む。二杯目のコーヒーを飲むか、それとも紅茶にするか考えるが、どちらもさほど欲しくないことに気づいて目を閉じた。

　回復したというのは嘘《うそ》ではない。少なくとも昨日よりはずっとましな状態だ。

　昨日は正直かなり応えた。精神的なダメージはもちろんのこと、ひどい頭痛や吐き気に悩まされ、食事はいっさい受け付けなかった。

ひと晩眠り——怖い夢を見て何度か目が覚めてしまったので、ぐっすりというわけにはいかなかったが——体調も気持ちもだいぶ落ち着いたと思う。

何よりいちばん効いたのはクレイトンの体温だった。帰ってきたときは気づかなかったが、いつのまにかベッドに入って抱き寄せてくれていて、その温《ぬく》もりにほっとしたのを覚えている。きっと大丈夫、今はまだ衝撃から抜け出せずにいるが、クレイトンの存在と時間の経過が傷を癒やしてくれる——。

（支援センターに来ている人たちの中にも、こういう気持ちを抱えてる人がいっぱいいるんだろうな……）

アストンの山荘でライフルを持った犯人に追われたり、離島のリゾートホテルで銃を突きつけられたりした自分も犯罪被害者で、だからこそ寄り添えるのではないかと思っていた。けれど殺された人の顔を目の当たりにしたのは初めてで、恐怖と衝撃、そして何より遺体を気持ち悪いと感じてしまった罪悪感が雪都を苦しめている。

犯罪現場のフラッシュバックに悩まされている被害者は少なくない。頭では理解していたつもりだったが、いざ自分が経験してみると、これまでの対応が適切だったのか心配になってくる。何より、今の自分が被害者支援に関わっていいのかどうか……。

ふいに携帯電話の着信音が鳴り響き、雪都はびくっとして目を見開いた。サイドテーブルのスマホを摑《つか》んで確認すると、電話はジュリアンからだった。

「もしもし？」

『雪都！　おはよー！』

ジュリアンの明るい声に、思わず笑顔になる。

「おはよう。ゆうべ電話くれたのに出られなくてごめん」

『いいって。ちょっと気になってさ。家に戻ってどうしてるかなと思って』

ジュリアンの言葉に、雪都はソファに座り直して居住まいを正した。

「それが実は……ちょっと大変なことになっちゃって」

訥々《とつとつ》と昨日の衝撃的な経験を口にする。

電話の向こうでジュリアンが『ええ……っ』と声を上げて絶句し、雪都のあまり要領を得ない話に耳を傾けてくれた。

『そんなことが……大丈夫なの？』

「昨日はほんとに駄目だった。なんとか浮上したけど、今もまだ完全復活とは言いがたくて」

『当然だよ。だって家に帰ってキッチンに……クレイトンは捜査に関わってるの？』

「ううん、管轄の警察に任せるって。うちで起きた事件だからこまめに報告はしてもらうって言ってたけど」

『そっか。まあそうだよね。解決の目処《めど》は？』

「どうかな。被害者の身元もまだ不明で……」

口にしたとたん目の前に遺体の残像がありありと浮かび上がり、思わずぎゅっと目を閉じる。

急に黙り込んだ雪都に、ジュリアンが心配そうに『大丈夫?』と囁《ささや》いた。

「……うん。これまではクレイトンが直視せずに済むように気を遣ってくれてたけど、今回は見てしまったから……」

言い終わらないうちに、ジュリアンが『ああ、今すぐ雪都のそばに行って抱き締めたい』と叫ぶ。

「ありがと。僕も会いたいから、そのうち飛行機に飛び乗ってそっちに行くかも」

『いつでも歓迎だよ。あのさ、ちょっと思ったんだけど、雪都もカウンセリングを受けたほうがいいんじゃない?』

ジュリアンの提案に、雪都は目をぱちくりさせた。

「カウンセリング……考えたことなかった」

昨日の今日でまだそこまで頭がまわらないというのもあるが、自分の中にカウンセリングを受けるという選択肢がまったくなかったことに気づく。

『カウンセラー志望者がカウンセリング受けるのって、別に禁止されてないんでしょ?』

「うん……カウンセラーの中にもカウンセリング受けてる人いるし」

電話の向こうでジュリアンも雪都のためらいを感じ取ったらしい。『あんまり気が進まない?』と問われ、雪都は宙を見上げた。

研修先のカウンセラーには相談できない。個人的な関わりを持っている相手にカウンセリングを依頼するのはNGだ。上司に紹介してもらうかネットで調べるなどして探し、クリニックに予約を入れて、指定された日時に赴いて……。

「……自分がその立場になってみてわかったけど、知らない人のところへ行ってこういう話をするのって結構気が重いかも」

『そっか……もう少し時間を置いたほうがいいのかもね』

「今回よかったことがあるとすれば、クライアント側のこういう気持ちを経験できた点かな」

『きっとその経験が今後役に立つよ』

「うん、ありがと」

電話を終えると、雪都は立ち上がってミニキッチンへ向かった。二杯目のコーヒーを淹《い》れながら、ジュリアンと話したことでずいぶんと気持ちが楽になっているのを実感する。

クレイトンと話すことでしか得られない充足感や幸福感があるが、ジュリアンとの会話にも親友ならではの癒やしや刺激があって心地よかった。

(僕は本当にガードナー兄弟に支えられているな)

自分も彼らの支えになりたいし、カウンセラーとして誰かの助けになりたい。

さっきジュリアンにも話したように、今回のこの経験がいつかクライアントに寄り添うための糧となればいいのだが……。

「まずは目の前のことから、ちょっとずつ取り組んでいこう」

声に出して自分に言い聞かせる。

マグカップに注いだコーヒーの香りに、雪都はしゃきっと背を伸ばした。

◇◇◇

ワシントンDCの中心部を流れるポトマック川――その対岸に位置するバージニア州クワンティコのFBI本部。ひとけのない知的犯罪捜査班のオフィスで、クレイトンは眉間に皺《しわ》を寄せながらパソコンのモニターに見入っていた。

画面に映っているのは脱税容疑で捜査中の大物実業家の資料だ。家宅捜索で押収した書類や通信記録を精査しているところだが、気持ちはどうしても我が家で起きた殺人事件のほうへ傾いてしまう。

被害者の身元はまだわかっていない。DCで逮捕歴のある人物の指紋照合及び顔認証システムにかけたところ、該当者はなかったという。近隣の州に範囲を広げて調べているらしいが、FBIと違って地元警察署はこういった捜査には少し時間がかかるのが難点だ。

クレイトンが声をかければ同僚の分析官が手を貸してくれるだろうが、彼らも日々の仕事で手一杯で、私的な理由で手を煩わせるのは気が引ける。

モニターにびっしり並んだ銀行取引の数字が次第にぼやけてきて、クレイトンは肩を揉《も》みほぐしながら窓の外へ視線を向けた。

(箱の中身はなんだったんだ……？)

人殺しをしてまで手に入れたい物なのに、なぜ今まで誰も取りに来なかったのだろう。前の持ち主が売りに出すまで、あの家は一年ほど空き家だったと聞いている。忍び込むなら住人のいない時期がチャンスだったはずだ。

最近になって隠し場所が判明したのか、それとも何か事情があって来ることができなかったのか。

「外国にいたとか、刑務所にいたとか？」

思わず独りごちたところで、ガラスの仕切り越しに上司がせかせかした足取りで歩いてくるのが見えた。

「裏帳簿を見つけたわ！」

ドアを開けるなり、満面の笑みを浮かべた班長のグレース・ヤンが叫ぶ。

「どこにあったんです？」

「巧妙に暗号化してパソコンの画像の中に埋め込んであったの。これで逮捕状を請求できる」

「よかった、一件落着ですね」

「お疲れさま。明日は休みを取っていいわよ。家で起きた事件、気になってるんでしょう？」

「ええ……捜査に口出しするつもりはないんですが、ちょっと確かめたいことがあるので」

「パートナーは大丈夫？　相当ショックを受けてるでしょう？」

デスクの雪都の写真に目をやりながら、グレースが気遣わしげに尋ねる。グレースには大学生の娘がいるので、同じ年頃の雪都のことが気にかかるのだろう。

「かなり参ってます。事件が解決したあと、あの家に戻って暮らそうっていうのはやっぱりデリカシーに欠けますかね？」

クレイトンの質問に、グレースが肩をすくめた。

「私に聞かないで。娘に『ママ、お願いだから食事中に不適切な話題はやめて』って散々言われてきた私に」

苦笑しつつグレースの背中を見送り、クレイトンはスマホのアドレス帳をスクロールし、自宅を購入した際の不動産会社の担当者を探した。

2月7日

ワシントンDCの郊外、メリーランド州の小さな町を、雪都の愛車が駆け抜けていく。

二月には珍しく暖かな日差しが降り注いでいた。青く晴れ渡った空が清々《すがすが》しくて、一昨日《おととい》の記憶が少しでも薄らいでくれるといいのにと願いつつ、カーナビの案内に従って慎重に車を走らせる。

「この町は初めて通ったけど、こぢんまりしてててなかなかいいな」

助手席で呟《つぶや》いたクレイトンに、雪都は振り向いて相槌《あいづち》を打った。

「ええ、大きすぎず小さすぎず、暮らしやすそうですよね」

「さっき通り過ぎた交差点のそばにカフェがあっただろう。帰りに寄ってみようか」

「蔦《つた》で覆われた建物の？　僕も素敵だなと思ったんです。ぜひ寄りましょう」

ふたりが目指しているのは、とある老人ホームだ。そこに入所している八十五歳の女性に話を聞くため、面会の約束を取り付けている。

『明日休みが取れたから、この家の前の持ち主に会いに行こうと思ってるんだ』

――昨夜帰宅したクレイトンがそう切り出し、雪都はすぐにピンときた。

『床下から持ち出された何かの件ですか？』

クレイトンからその話を聞いて、雪都もずっと気になっていた。殺人の動機になるほどの何かが床下にあったことに震え上がり、同時にそれがなんだったのか知りたいという気持ちも芽生え……。

『ああ。まあ床下に何か隠してあったなんて知らなかったんだろうけど、手がかりがあるんじゃないかと思って』

『僕も一緒に行っていいですか？』

意気込んで尋ねると、クレイトンは少し面食らったように目を瞬かせた。

『もちろん。約束は午後三時だけど、授業は？』

『明日は午前中で終わりです。研修も休みをもらいました』

事件の翌日、気が紛れるかと思って仕事に出かけたのだが、あまりいい考えではなかったことがわかっただけだった。

『支援センターに行くのはまだ早かった？』

クレイトンに顔を覗《のぞ》き込まれ、雪都はこくりと頷《うなず》いた。

『エリンを始めカウンセラーや職員が心配して声をかけてくれて、なのにそういう気遣いを負担に感じてしまって……』

気持ちはありがたいけれど、今は事件のことを話したくないから触れないで欲しい。少々迷惑に感じてしまったことに、自分で自分が嫌になってしまった。

『僕だって、誰かがこんな目に遭ったら真っ先に大丈夫か尋ねて慰めようとするのに……勝手なものですね』

『きみが自分を責める必要はないよ。何をどう感じるかは、人それぞれタイミングも違うんだし』

クレイトンの言葉に、胸につかえていたものがすっと消えたのを感じた。

そうだった――人それぞれ受けとめ方も感じ方も違うのが当たり前で、正解はない。支援センターに来ている人の中にも、優しくされるとかえって辛《つら》い、同情に苛々《いらいら》してしまうと話す人も少なくない。その場その場でより良い解決法を探っていくしかなくて、自分はそういう曖昧で不安定な心に寄り添う仕事を選ぼうとしているのだ。

「見えてきた。あの建物だな」

助手席のクレイトンが、高台に建つ大きな三階建ての施設を指し示す。

「次の交差点を右ですね」

カーナビに目をやり、ウィンカーを出して車線を変更する。緩やかな坂道を登り、ホームの前の駐車場に車を停《と》めると、雪都はほっと息を吐き出した。

「慣れない道で緊張しただろう。帰りは俺が運転するよ」

「ええ、お願いします。ただし、安全運転で」

クレイトンが「了解」と言いながらくくっと笑う。

仕事柄か元々の性格なのか、クレイトンの運転はときどき荒っぽくなることがある。さすがに市街地で飛ばすようなことはしないが、交通量の少ない郊外に出ると捜査官モードが発動するらしい。雪都のように真面目に交通規則に従っていたらあっというまに容疑者に逃げられてしまうので仕事中はやむを得ないが、プライベートではもう少し穏やかに運転して欲しいところだ。

エントランスをくぐり、クレイトンが受付カウンターで来意を告げると、職員が「こちらへどうぞ」と案内してくれた。

すれ違う老人や職員に挨拶しつつ、廊下の奥へ向かう。来客用の応接室らしき広間には、他にも来客と面会中の入所者が数組いた。

（男同士のカップルが訪ねてきたら、びっくりするかな……）

一般的に、年齢が上がるにつれて同性愛に理解のある人の割合は減っていく。年齢に関係なく、初対面の人に受け入れられる確率は低いものだと思ってあまり期待しないことにしているのだが。

「サリスさん、ガードナーさんがいらっしゃいましたよ」

職員が声をかけると、編み物をしていた車椅子の老婦人——ジョージア・サリスが顔を上げた。

「初めまして、クレイトン・ガードナーです。彼はパートナーの雪都」

分厚い眼鏡をずらしながら、ジョージアがクレイトンと雪都の顔をまじまじと見つめる。

パートナーだと紹介された雪都は、彼女の反応をびくびくしながら窺《うかが》った。

「まあまあ、驚いたわ。こんな素敵な殿方がふたりも来ると知ってたら、もっと気合いを入れてお洒落《しゃれ》したのに」

「充分に魅力的ですよ」

クレイトンのセリフに、ジョージアがにやりと笑った。

「お世辞だとわかっていても嬉《うれ》しいわ。さあさあ、掛けてちょうだい」

どうやらジョージアは同性同士のカップルに偏見を持っていないようだ。ほっとして、雪都はクレイトンとともにコーヒーテーブルを挟んだ向かいの席に腰を下ろした。

「殺人事件のこと、新聞で読んだわ。大変だったわね。記事を読んだとき、私が住んでたあの家だって気づかなくて、モリーから電話をもらって初めて知ったのよ」

モリーというのは雪都たちの向かいに住んでいるマクビール夫人のことだ。ふたりは仲が良く、モリーは今も月に一回はここに訪ねてくるという。

「ええ、本当にびっくりしました」

事件の詳細についてはあまり話したくないので、雪都はさらっと受け流した。

「家のことで何か訊《き》きたいことがあるんですって？　これを引っ張り出してきたから、どんな質問にも答えられるはずよ」

言いながら、ジョージアがテーブルの上の古いバインダー式のファイルを手に取る。

「不動産会社の担当者から聞いたんですけど、サリスさんはあの家の二代目のオーナーだそうですね」

「ジョージアと呼んでちょうだい。ええ、一九八八年に亡夫と一緒に買ったの。十年前に夫が亡くなったあともしばらくひとり暮らしをして、ここに入所してからも息子夫婦が住むかと思って手放さずにいたんだけど、オーストラリアに赴任してて当分帰って来そうにないから」

息子がいたとは知らなかった。家の購入はすべて不動産会社に任せきりだったので、そういえば今回のことがあるまで前所有者の名前すら知らなかったのだ。

「あなたが住んでらっしゃった間、空き巣や不法侵入など、何かトラブルはありました？」

「いえ、何も。バカンスで一ヶ月留守にしたとき近所の悪ガキが庭の花壇を荒らしたことがあったけど、それくらいよ」

「地下室に興味を示した人は？　例えば内装工事を提案したりとか、あるいはしばらくの間家に誰かを泊めたりとかは？」

クレイトンの奇妙な質問に、ジョージアが訝《いぶか》しげな表情になった。

「親戚や友人が滞在したことは何度かあったけど……地下室に泊めたわけじゃないわよ？」

「ああ、すみません、おかしな訊き方でしたね。これから話すことは報道されてないので内密にしていただきたいのですが、実は犯人が地下室の床板を剝がして何かを持ち出した形跡があるんです」

「床板を？　まあ……床下に何かあったってこと？」

「ええ、これくらいの長方形の、おそらく箱ではないかと。何か心当たりはありませんか？」

クレイトンが手で長方形を作ってみせるが、ジョージアは首を横に振った。

「まったく見当もつかないわ。私は貴重品は全部銀行の貸金庫に預けてたし、亡くなった夫も床下に宝物を隠すような遊び心も持ち合わせてなかったし」

「修理やリフォームなどは？」

「そういえば内装をリフォームしたことが……ちょっと待って」

ジョージアがファイルを開いてページをめくった。

「私は結構几帳面な性格でね。家を購入した際の記録はもちろん、庭の剪定《せんてい》や修理を頼んだときの領収書、作業の詳細や感想まで書き留めてたの。この業者は仕事が丁寧だったとか、この業者にはもう二度と頼まないとか。ああ、あったわ」

広げたファイルを、雪都とクレイトンが見やすいように差し出してくれる。

「キッチンとバスルーム……それに地下室のリフォームもされたんですね」

「そうよ。インテリア雑誌で見て煉瓦《れんが》の壁にしたくなって。そうだ、そのときに傷んでた床板も交換したんだったわ」

思わず雪都はクレイトンと顔を見合わせた。

そのリフォーム工事に関わった人物が、床下に箱を隠したのではないか——。

「内装工事はボルティモアの業者に依頼したんですね」

工事に関する資料を見ながら、クレイトンが確認する。

「そうなの。地元の業者はどこも手一杯で、知り合いから腕がいいって紹介されて」

「これ、コピーを取らせてもらっていいですか?」

「どうぞファイルごと持って帰ってちょうだい。私にはもう必要ないし、そろそろ処分しようと思ってたところだから」

「では、お言葉に甘えていただいていきます。もし必要になったらいつでもお返ししますので。ところで、初代のオーナーについては何かご存じですか?」

「ええと……名前がすぐに出てこないけど、そのファイルのどこかに書いてあるはずよ。フロリダに移り住むって言ってたのは覚えてる。当時七十歳くらいだったから、生きてるかどうか」

三十年以上前の住人が今回の事件に関わっているとは考えにくいが、何がどう関係しているかわからない。床下の箱は、初代オーナー時代に隠された可能性もゼロではないのだ。

(考えすぎかな。時間が経《た》ちすぎてるし)

眉間に皺を寄せて考え込んでいると、クレイトンに軽く肩を叩《たた》かれた。

「そろそろお暇《いとま》しよう」

「あ、はい」

立ち上がり、ジョージアと別れの挨拶をかわす。ジョージアは名残惜しそうだったが、クレイトンは早くファイルの中身を精査したいのだろう。

ホームの外に出ると、青く晴れ渡っていた空に灰色の雲が広がり始めていた。気温もぐっと下がったような気がして、コートの前をかき合わせる。

駐車場へ向かいながらポケットから車のキーを取り出すと、横から伸びてきた大きな手にひょいと奪い取られた。

「さて、蔦の絡まるカフェに行ってみようか」

「ええ、熱いコーヒーを飲みたいです」

視線をかわしながら助手席に乗り込んだところで、クレイトンのスマホが低く唸《うな》り始める。

「シムズ警部補からだ。ちょっと待って」

仕事用の声でクレイトンが警部補と話すのを、雪都は固唾《かたず》を呑《の》みながら見守った。

何か進展があったらしく、何度か頷いたあと、クレイトンが「わかりました、すぐにそちらへ行きます」と告げて通話を切る。

「被害者の身元が判明した。これから警察署に確認に行こうと思うんだが」

クレイトンが最後まで言い終わらないうちに、雪都は身を乗り出した。

「僕も一緒に行っていいですか?」

「ああ、構わないが……いいのか?」

こくりと頷く。被害者の身元が判明したことで、なぜ殺されたのか、誰が殺したのか、解決に大きく一歩近づいたはずだ。

「よし、出発だ。味にこだわらなければ、署でも熱々のコーヒーは飲めるよ」

励ますように雪都の膝をひと撫《な》でしてから、クレイトンがエンジンをスタートさせた。


警察署の建物の中に入ると、むわっと淀《よど》んだ空気が押し寄せてきた。狭いロビーに人が溢《あふ》れ、受付カウンターで職員に向かって喧嘩腰《けんかごし》でまくし立てている女性もいる。

殺伐とした空気に怯《ひる》んでいると、クレイトンがそっと手を握ってくれた。

「失礼、ガードナーといいます。シムズ警部補と約束があるのですが」

通りかかった制服警察官にクレイトンが告げると、彼が小さく「ああ」と声を上げた。

「ガードナー捜査官、お待ちしてました」

その顔を見上げ、事件当日に家に駆けつけた警察官のひとりだと気づく。気分が悪くなった雪都をパトカーで休ませてくれた、あの警官だ。

彼も雪都に気づいたらしく、視線が合って互いに笑顔になる。

「こんにちは。その節はどうもお世話になりました」

「いえ、とんでもないです。もう大丈夫ですか？」

「おかげさまで」

廊下を歩きながら言葉を交わし、会議室のような部屋に通される。警官が出て行くとすぐにシムズがやってきて、挨拶もそこそこにテーブルの上にノートパソコンを広げた。

「えっと……僕はここにいていいんですか？」

戸惑いながら、クレイトンとシムズを交互に見やる。クレイトンの仕事が終わるまでロビーで待つつもりだったし、捜査関係者以外は外してくれと言われると思っていた。

「構いませんよ。あなたも事件の関係者ですから」

シムズが小さく笑みを浮かべてみせる。通常なら内部資料など見せてもらえないだろうが、クレイトンを信用して特別に許可することにしたようだ。

(考えてみたらクレイトンの仕事現場に来たの初めてだ)

正確にはクレイトンの職場ではないし、これまでにも捜査現場に居合わせたことはある。けれどアストンの山荘や島のリゾートホテルと違って、クレイトンがこうして警察の内部で刑事と一緒に仕事をしているのを目の当たりにするのは初めてで、毎日こんなふうに仕事をしているのかと思うと感慨深かった。

「DCの逮捕者に見当たらなかったので、近隣の州に範囲を広げて調べたんです。メリーランド州の逮捕者リストで指紋がヒットしました」

シムズがノートパソコンをこちらに向ける。

険しい表情でこちらを睨《にら》みつけている逮捕写真《マグショット》に、思わず雪都は目を逸《そ》らした。床に倒れて絶命した姿しか知らないが、特徴的な目鼻立ちは確かにあの男性のものだ。

「トレント・ペリー、三十五歳。未成年の頃から窃盗などの軽犯罪で何度か捕まり、十二年前にボルティモアの宝飾店に押し入って強盗罪で服役。二ヶ月前に出所したばかりで住所は不明、定職に就いた記録もありません」

ボルティモアという地名に、クレイトンの眉がわずかに持ち上がる。

雪都も先ほどジョージアから聞いた内装業者の件が頭をよぎった。DCとボルティモアは車で一時間程度の距離なので通勤通学などで行き来も多く、関連があると決めつけるのはまだ早いが……。

「興味深いのは宝飾店強盗の顚末《てんまつ》です」

シムズがパソコンを操作し、当時の調書らしき文書を開いてみせた。

「仲間と三人で深夜の宝飾店に侵入し、駆けつけた警備員を銃で撃って負傷させ、約百万ドル相当の商品を奪って逃走。追っ手をかわすために三人はバラバラに逃げて、宝石や貴金属はすべて主犯のトレントが持っていったという話ですが、三日後に捕まったトレントは手ぶらでした。盗んだ品は防水金庫に入れてポトマック川に沈めたと供述してますけど、いまだに見つかってません」

「まさかその宝石が、うちの床下に？」

雪都の呟きに、シムズが相槌を打った。

「可能性は高いですね。なぜ隠し場所にあの家を選んだのかわかりませんが」

「宝石の件はひとまず置いといて、殺人についてはその強盗仲間が有力な容疑者ですね」

パソコンの画面を覗き込んで、クレイトンが顎に手を当てる。

「ええ、こちらが強盗仲間です。高校時代からつるんでいた悪友ルーベン・グローヴ、ケニー・チェンバース」

シムズがそれぞれの逮捕写真を開く。首にタトゥの入ったルーベンはいかにも強面《こわもて》のワルといった風貌だったが、ケニーのほうはなかなかの男前だった。逮捕写真でこれだけ写りがいいということは、実物はかなりいけているのではないだろうか。

「二番手のルーベンはトレントより刑期が短く、三年前に出所してます。ケニーもルーベンと同時期に出所する予定だったのですが、服役中に死亡」

「刑務所内で？」

「五年前に囚人同士の喧嘩に巻き込まれて腹を刺されたんです。計画的なものではなく、トレントやルーベンは無関係でした」

「じゃあ今のところ容疑者はルーベンひとりか」

「家宅捜索令状が発行され次第、ルーベンの自宅へ向かいます。長距離トラックの運転手なので不在の可能性が高いですが、盗まれた宝石が出てきたらまず犯人で間違いないでしょう」

事件の急展開に、ほんの少しだけ気持ちが軽くなる。まだ犯人と決まったわけではないが、何もわからなくて混乱していたこの二日間を思えば大きな前進だ。

モニターから顔を上げたクレイトンが「事件当時のトレントの職業は?」と尋ねる。

「食品加工会社のパートタイマーでしたが、事件当時はリストラされて無職です。知人の飲食店を手伝ったり、短期雇いの仕事はいくつかやってたようですけど」

「その短期雇いの仕事の中に、住宅のリフォーム会社の仕事はありませんでしたか?」

クレイトンの質問に、シムズが眉根を寄せながら調書をスクロールした。

「ええと……そういう記録はないですね。当時捜査に当たった刑事が、盗んだ宝石の隠し場所を特定するために短期の仕事で関わった職場もすべて調べたようですが」

クレイトンが小脇に抱えていたファイルをテーブルに置き、ページをめくる。

「実は今日、家の元所有者のサリスさんに会いに行ってきたんです。床下の件に何か心当たりがあるのではないかと。十二年前、彼女は地下室のリフォームをしていました。これを見てください」

クレイトンが開いたページには、〈J&Pリモデリング〉という会社のパンフレットや見積書、担当者の名刺、領収書などがクリアホルダーにまとめられていた。日程と作業内容を記したメモも添えられている。

「工事期間は九月十日から十八日まで……強盗があったのが九月十五日なので、時期が一致しますね。これであの家を隠し場所に選んだ理由がわかりました。〈J&Pリモデリング〉にトレント・ペリーを雇ったことがあるかどうか確かめてみましょう」

さっそくシムズがパンフレットに記載されている番号に電話をかけるが、「本日は定休日です」という録音メッセージが流れただけだった。

「明日、会社を訪ねてみます」

「ええ、よろしく。これはあなたに預けておきます」

言いながら、クレイトンがシムズにファイルを手渡す。

クレイトンとともに会議室をあとにし、薄暗い廊下を歩きながら雪都は声を潜めた。

「床下に、盗まれた宝石が隠してあったかもしれないなんて……」

「まだ確定じゃないが、事件と工事の時期が重なってるのは偶然じゃないだろうな」

「最初の空き巣、あれは空き巣に見せかけた下見だったたってことでしょうか」

「多分ね。床板を剝がすのに時間がかかりそうだと思って、しばらくの間俺たちをあの家から遠ざけるためにガラスを割ったんだろう」

床板を何枚か剝がすのにそれほど時間が必要だろうか。二度手間になるし、多少時間がかかっても最初の侵入で宝石を持ち出したほうが合理的な気がするが……。

——もし僕だったら、一回で済ませるのに。

そんな考えが頭に浮かび、慌てて振り払う。

(やめよう。犯人の気持ちなんてわからないし、わかりたくもないし)

捜査はシムズ警部補やクレイトンに任せて、自分は事件のことをあれこれ考えるのをやめにしなくては。

「ところで、熱々のコーヒーは?」

クレイトンが指さした方向、廊下の隅の自動販売機に目をやり、雪都は苦笑しつつ「遠慮しときます」と首を横に振った。


「眠れない?」

——その日の夜、ホテルの部屋で窓辺に立って向かいの公園を眺めていると、シャワーを終えてバスルームから出てきたクレイトンに声をかけられた。

「ええ……本でも読もうかと思ったんですけど、ちっとも頭に入ってこなくて」

「事件のこと、考えてた?」

こくりと頷くと、クレイトンが「おいで」と手招きする。並んでベッドの端に掛け、抱き寄せられるままに雪都はバスローブ姿のクレイトンにそっと寄りかかった。

「僕が考えてもどうにもならないし、頭から追い出そうとしてるんです。だけど、気づくといつのまにか頭の中が事件のことでいっぱいになってて」

「仕方ないさ。きみは事件の当事者なんだから」

今回の自分の立場は、犯罪被害者ではなくクレイトンの言うように〝当事者〟もしくは〝関係者〟ということになるのだろう。それでも心に受けたダメージは大きく、自分が平常心を失っていることは自覚している。

「ジュリアンが言ってたように、僕もカウンセリングを受けたほうがいいのかも」

ぼそっと呟くと、クレイトンに顔を覗き込まれた。

「ああ、俺も賛成だ」

「……やっぱりあなたから見ても、僕は相当参ってる感じですか？」

「そんなに構えなくても、気楽な気持ちで行けばいいいんじゃないかな。きみも知っての通り、俺たち捜査官は何かあるたびカウンセラーとの面談が義務づけられる。最初は抵抗があったんだが、話して楽になったこともあるし」

「楽にならなかったことも？」

クレイトンが苦笑し、小さく肩をすくめる。

「ま、その辺は相性もあるからな。面談をクリアしないと現場に戻れないから、カウンセラーの言うことにはいはいって適当に合わせたことがないとは言わない」

正直な告白に、思わずくすりと笑ってしまう。当然ながらカウンセラーもクライアントのそういう思惑に気づいているはずで、問題視せずに見逃したということは、もう大丈夫だと判断できたということなのだろうが。

「今後のことなんだけど」

言いながら、クレイトンが雪都の手を取って指を絡ませる。

「事件が解決したら、あの家を手放そうと思うんだ」

「……ええっ⁉」

驚いて、雪都はクレイトンの顔を見上げた。

「殺人事件のあった家に住み続けるのは辛いだろう。とりあえずどこかアパートを探して引っ越さないか？」

青灰色の瞳を見つめながら、高速で頭を回転させる。

家の購入は、たいていの人にとって人生最大の買い物だ。クレイトンもあの家を買うためにローンを組んでいる。金銭的な面だけでなく、購入に至るまでのさまざまな労力を考えると、買ったばかりの家を手放すのはあまりいい考えとは思えなかった。

（殺人事件のあった家じゃ、なかなか買い手がつかないだろうし……）

買い手がついたとしても大幅な価格低下は避けられない。現実的に考えると、あの家に住み続けるのがベストな選択ではなかろうか。

「僕は大丈夫です。家を売るとなるといろいろ大変ですし、いずれは記憶も薄れますし」

笑みを浮かべながら、雪都はきっぱりした口調で告げた。

「いや、俺たちはあの家から離れたほうがいい」

雪都以上にきっぱりした口調でそう言って、クレイトンが絡ませた指に力を入れる。

「家は安心してくつろげる場所じゃないとだめだ。キッチンに行くたびに思い出してたら、心が休まらないだろう？」

「だけど……」

反論しようとするが、言葉が出てこなかった。

しばしの沈黙ののち、クレイトンがふっと息を吐き出す。

「思い出して気が休まらないのはきみだけじゃない。俺は仕事柄犯罪現場を見慣れてるけど、慣れてるからといって平気なわけじゃないんだ」

思いがけないクレイトンの告白に、雪都ははっとして顔を上げた。

いつのまにか、家で殺人事件が起きたことにショックを受けているのは自分だけだと思い込んでいた。クレイトンだって、心が鋼鉄でできているわけではないのに。

「……ですよね。日々大変な仕事をしているからこそ、家に帰ったら心から安らぎたいですよね」

「ああ。だからあの家は手放す。今後のことは改めてゆっくり話し合おう。さあ、もうベッドに入って」

クレイトンが立ち上がり、ベッドカバーを剝がしてぽんぽんとシーツを叩く。

子供を寝かしつけるようなその仕草に苦笑しつつ、雪都は素直にシーツとブランケットの間に体を横たえた。天井を見上げながら、明日大学に行って、まずは学内のカウンセリング室へ相談に行ってみようと考える。

不思議なもので、カウンセリングを受けてみようと決心したことで、少し気持ちが軽くなったような気がした。

（この第一歩を踏み出すのが、結構ハードル高いんだな……）

目を閉じてうとうとしていると、Tシャツとスウェットパンツに着替えて寝支度を調えたクレイトンがベッドに入ってくるのがわかった。

寝室にはダブルサイズのベッドが二台置かれているが、雪都とクレイトンは自宅にいたときと同じように一緒のベッドで眠ることにしている。セックスしてもしなくても、一日の終わりにクレイトンの体温を感じながら眠りに就くのは雪都にとって至福のひとときだ。

「おやすみ、雪都」

軽く頰にキスされ、雪都はぱちっと目を見開いた。寝返りを打って、クレイトンのほうへ向き直る。

「あの……」

前から訊きたかったことを尋ねようとし、口ごもる。クレイトンを見つめたまま固まっていると、クレイトンが「何？」と笑みを浮かべた。

「……なんでもないです」

「嘘だな。何か訊きたいことがあるって顔だ」

指先で軽く頬を撫でられ、雪都は首をすくめた。

「まあそうなんですけど……誰にでも踏み込まれたくない領域ってあるでしょう？」

「きみは例外だ。遠慮せずに踏み込んでいいよ」

思わず口元をほころばせ、薄闇の中でしばし青灰色の瞳と見つめ合う。クレイトンの言葉に背中を押され、雪都は思いきって踏み込むことにした。

「ときどき夜中にうなされてますよね」

一緒に暮らし始めて間もない頃、クレイトンの叫び声で目覚めたことがある。心配して尋ねると、クレイトンは『大丈夫、なんでもないよ』と笑みを作った。それ以上触れて欲しくなさそうな様子だったので、雪都も敢《あ》えて追及しなかった。

おそらく仕事中に目にした悲惨な現場が原因だろう。そう感じたが、相談されてもいないのに口を出すべきではないと思い、その後もずっと触れずにいた領域だ。

クレイトンが「ああ……」とため息のような声を漏らし、前髪をかき上げた。

「格好つけたって仕方ないってわかってるんだが、きみには頼りになる男だと思われたくて」

「僕も、あなたに頼りになるパートナーだと思われたいです」

「そうだよな。まあきみも薄々勘づいてるだろうけど、夜中にうなされたり叫んだりしてるのは、全部仕事絡みの嫌な記憶のせいだ」

小さく頷いて、クレイトンの話の続きを待つ。

「……新人の頃は本当にきつくて、実を言うと最初の現場で俺も吐いちまったし、辞めようかと思ったこともあった。もちろんカウンセリングも受けたよ。すぐに効いたわけじゃないけど、あとから思えばカウンセラーの言葉に救われたと感じることもあって」

「…………」

ブランケットの下で、雪都はクレイトンの手を探り当ててそっと握りしめた。

クレイトンも、雪都の手をぎゅっと握り返す。

「先輩捜査官に『いずれ慣れるさ』と言われてまさかと思ったけど、仕事を続けていくなら慣れるしかないんだ。慣れるというか、感情の一部を封印する術《すべ》を覚えるという感じかな。おかげで今はたいていの現場には淡々とビジネスライクに対応できるようになってるよ。もちろん、とりわけ悲惨な現場を見るとやっぱり応えるけど」

「そういうときって……ひとりになりたいですか？」

雪都の質問に、クレイトンが軽く目を見開いた。

「言われてみれば、独身のときはしばらくひとりで過ごしたいと思ってそうしてたな」

「あなたがそうしたいなら、そういうときは……」

言いかけるが、すっと伸びてきた長い人差し指を唇に当てられる。

「この話には続きがあるんだ。きみと一緒に暮らし始めてからは、きみがそばにいるほうが嫌なことを早く忘れることができて、しかも引きずらないってことに気づいた」

「……本当に？」

「本当に本心だ。無理してるわけじゃない」

クレイトンの力強い視線に、雪都は詰めていた息をふっと吐き出した。

「わかりました。でもこれからは、そういうネガティブな感情もできるだけ話してくださいね。事件そのものは守秘義務があるでしょうから、あなたの気持ちを」

「ああ、そうするよ」

体を起こしたクレイトンに額に軽くキスされ、くすぐったさに首をすくめる。

「なんかほっとしました。ずっと胸につかえていたものが取れて、ぱっと視界が開けた感じ」

「俺もだ。ここんとこ、俺たちふたりとも事件のせいで常に緊張してたしな」

言いながら、クレイトンが思わせぶりな手つきで雪都の腕を撫で下ろした。

官能を刺激するその感触に、足の指がぴくっと反応する。

「……クレイトン」

掠《かす》れた声で呟くと、クレイトンがくくっと低く笑う声が響いてきた。

「ちょっとその気になってきてるんだけど、きみはどう？」

「……ええ、僕も」

「よかった。じゃあ始めようか」

「……っ」

囁きながら唇にキスされ、雪都は心拍数が一気に駆け上がるのを感じた。

体の芯が熱い。全身の細胞がクレイトンを求め、欲望の大きな波をうねらせている。

（最後にしたの、いつだったっけ？）

空き巣事件のあと、一回目のホテル滞在中に二回セックスした。といっても挿入なしで、雪都がクレイトンのものを太腿《ふともも》で挟んだり、互いのものを擦り合わせたりといった、戯れのような行為だ。

それはそれでとても気持ちよかったが、そこで満足してそれ以上の行為に進む気力体力が尽きてしまった。

今思えば、やはり心のどこかに不安な気持ちがあって、集中できていなかったのだろう。自分は心と体の状態が直結しているタイプなので、実はセックスのタイミングが難しいほうなのかもしれない。

（そうだ、最後にちゃんとしたのって、地下室のビリヤード台の上……）

クレイトンの愛撫《あいぶ》に息を乱しながら、雪都は淫らに交わったときのあれこれを思い出して頬を染めた。

「覚えてる？　俺たちが最後にしたのって……」

パジャマの上着の中に手を滑り込ませたクレイトンが、雪都の乳首を弄《もてあそ》びながら尋ねる。

「もちろん覚えてますけど、今日は普通に……っ」

「普通に？　つまり正常位ってこと？」

「……ん……っ、そ、そういうことです」

「了解」

「あ……っ！」

首筋に甘く噛《か》みつかれて、雪都はとろりと先走りが漏れるのを感じた――。

2月9日

しんと静まり返った廊下に靴音が響き渡る。腕時計に目をやり、雪都は学生相談室へ急いだ。約束の時間を過ぎている。授業が長引いた上に、階を間違えてエレベーターを降りてしまったせいだ。

磨《す》りガラスが嵌《は》まった灰色のドアの前に立ち、息を整えようと雪都は深呼吸した。緊張する必要などまったくないのだが、やはりどこか身構えている気がする。事前にメールで相談したい内容は伝えてあるし、カウンセリングの方法についてはある程度知識もある。なのに、カウンセラーに頭の中を隅々まで探られそうな気がして、どうにも落ち着かなかった。

（いけない、五分も遅刻だ）

慌てて背筋を伸ばし、ドアをノックする。数秒待っても返事がないので、雪都はもう一度ゆっくりとドアを叩いた。

「すみません、面談の予約をした吉仲《よしなか》です」

大きめの声で呼びかけるが、返事がない。静まり返った廊下に自分の声が木霊《こだま》して、雪都はぶるっと背筋を震わせた。

「失礼します……」

言いながら、ドアノブに手をかける。

ふいに嫌な予感にとらわれて、冷たいドアノブを握ったまま雪都は体を強ばらせた。

——約束の時間に来たのに返事がないのはおかしい。何らかの理由で、カウンセラーはドアの向こうで倒れているのではないか。

「……っ！」

キッチンに倒れていた男性の姿、そして床に広がった血溜《ちだ》まりが鮮明に浮かび上がり、両手で口を押さえて悲鳴を飲み込む。

（落ち着け、落ち着いて。これはフラッシュバックだ。現実じゃない）

そう自分に言い聞かせるが、死体を発見したときのショックがありありとよみがえり、あっというまに心と体を支配されてしまった。

ドアから離れようと、よろめきながらあとずさる。やがて背中が向かい側の壁に当たり、雪都はその場にずるずるとしゃがみ込んだ。

心臓が早鐘を打っている。背中に冷や汗が噴き出し、握りしめた手のひらもじっとりと汗ばんでいる。

目の前がすっと暗くなり、意識が遠のきかけたそのとき、廊下の向こうから誰かがばたばたと歩いてくる足音が聞こえてきた。

「いやあ、ごめんごめん、ちょっと事務室に用事があって」

顔を上げると、四十前後の眼鏡をかけた男性がにこにこしながら雪都を見下ろしていた。

「予約してたヨシナカくんだね？　さあ、どうぞ」

ドアを開けた彼に中に入るよう促され、壁にもたれながら立ち上がる。現実に連れ戻されて、次第にフラッシュバックの症状が薄れてゆくのがわかった。

（もう大丈夫だ……しっかりしなきゃ）

相談室は淡いブルーを基調にした清潔で居心地の良さそうな空間だった。観葉植物が葉を茂らせ、ソファには洒落たクッションも置かれている。

「カウンセラーのシンプソンです。どうぞ掛けて」

「はい、よろしくお願いします」

どうにか笑顔を作ることに成功し、空色のソファに浅く掛ける。

グリーンのセーターに茶色いコーデュロイのズボン、銀縁の眼鏡をかけたシンプソンは穏やかで優しそうな男性で、まずはほっと胸を撫で下ろす。

カウンセラーも千差万別で、皆が皆穏やかで親しみやすい雰囲気を持っているとは限らない。以前実習で出会った女性カウンセラーは服装も態度もやたらエネルギッシュで、心が弱っているときに彼女と話すのはしんどそうだと感じてしまった。クライアントによっては、エネルギッシュなタイプのほうが頼りになると感じる人もいるのだろうが。

「学内の相談室を利用するのは初めて?」

「ええ」

「サイトにも案内があった通り、ここできみが話した内容は秘密が守られるので安心して」

にこっと笑いかけられ、雪都もぎこちなく微笑《ほほえ》み返した。

子供に話しかけるような甘ったるい口調が少し気になるが、これはカウンセラーの問題ではなく自分自身の気持ちの問題だろう。

自分は今、この人は信頼できるだろうかと観察している。心の内側を打ち明ける相手だから普段よりも慎重に、そして厳しい目で。

いつかカウンセラーになったら、自分もクライアントからこういう疑り深い目を向けられるのだ——そう気づいて、雪都はぶるっと背筋を震わせた。

「顔色悪いけど大丈夫?」

シンプソンに顔を覗き込まれ、雪都ははっと我に返った。

「ええ、大丈夫です。ちょっと緊張してて」

「最初はみんな緊張するもんだよ。初対面の相手に悩みを打ち明けようとするんだから、それも当然だ」

曖昧に頷いて、雪都はソファの上で身じろぎした。

あれこれ考えても仕方ない。ここに来た本来の目的を思い出し、口を開く。

「……少し前に、犯罪事件に巻き込まれてしまったんです。詳しいことは省略しますが、僕の家で人が殺されて、僕がその遺体の第一発見者に」

シンプソンは驚いたように目を見開いたが、口を挟まず雪都の話の続きを待ってくれた。

「それで……遺体を見て、かなりショックを受けました。その場で吐いてしまったし、しばらく食事も喉を通らなくて。今も目を閉じると、そのときの光景がありありと浮かんでくるんです。それが僕にとってはすごくグロテスクで……見知らぬ他人ですけど、人が亡くなったというのに、僕は気の毒だとか犯人に対する怒りとかよりもただ気持ち悪いと思ってしまって」

言葉を切って、雪都はふうっと息を吐き出した。

心に抱えている問題の中には、クレイトンやジュリアン、友人知人には言えない、あるいは言いたくないものもある。その点、日頃接点のない赤の他人相手だと幾分話しやすかった。

「きみは気持ち悪いと感じていることを申し訳なく思ってる？」

シンプソンの問いに、雪都は顔を上げて頷いた。

「それがいちばんの悩みです。そんなふうに思ってしまう自分が、すごく薄情で無神経な人間に思えて」

「自分を責める必要はないよ。誰だって生理的嫌悪を覚えるものだ。それはどうしようもないから、コントロールしようとしなくていい」

シンプソンが口にしたのは、雪都が自分に言い聞かせてきたのとまったく同じ答えだった。カウンセリングを学んでいるので、こういう場合カウンセラーが何を言うかある程度予測できる。もし雪都が彼の立場なら、きっと同じことを言っただろう。

きっとこれが正しい答えだ。嫌な記憶については忘れようとして忘れられるものでもないし、気を紛らわしながら時間が経つのを待つしかない。罪悪感についても、カウンセラーの言うとおり自分を責めずにやり過ごすしかないのだ。

「……ありがとうございます。話したら少し楽になりました」

これで本当に楽になれるのかどうかまだわからないが、とりあえず自分の中にあったネガティブな感情を吐き出すことはできた。

同時に、型通りのセリフを口にしている自分がシンプソンに対して不誠実な気がして後ろめたい気持ちもこみ上げてくる。

「事件のことを思い出さないようにしたくても、なかなかそうはいかない。完全に消し去ることは難しいが、思い出しにくくする方法はある。まずノートを一冊用意して、そこに自分の気持ちを書き出すんだ。原因となった出来事、それについて自分がどう感じたか。書いたものは読み返さずに、ノートがいっぱいになったら捨てること」

紙に書き出す方法は雪都も知っている。けれどシンプソンに言われるまで、自分にそれが必要だとは思いもしなかった。

「スポーツとかゲームとか、何かに没頭する時間を作るのがお勧めだ。趣味はある？」

「はい。読書、映画鑑賞……それに料理も」

「いいね。人生に趣味は必要だ。特に悩みがないときでもね」

それからしばらく雑談めいた会話が続き、シンプソンがリラックスできる呼吸法を教えてくれた。授業で習って知っていたが、素直に彼のレクチャーに耳を傾けて一緒に実践する。

「気分はどう？」

「ここに来たときよりも落ち着きました」

「フラッシュバックは？　事件の記憶がふいによみがえったりすることはある？」

「……実はさっき、相談室のドアの前に立ったときにちょっと。中で人が倒れているんじゃないかという嫌な予感がして。でも深刻な状態ではないです。僕は自分が今、安全で安心できる環境にいることをしっかり自覚してますし」

たいしたことはないと説明するのに少し躍起になってしまった。大丈夫だと主張すればするほど疑わしく見えるのは承知しているが、心理学を学ぶ過程で見聞きしてきたフラッシュバックの症状に比べたら軽微で一時的なものだ。

シンプソンも雪都が早口でまくし立てたのが気になったようだが、今はそこには触れないことにしたらしく、「悪夢は見る？」と話題を変えた。

「事件後には少し。でも今は、夢にうなされるということはないです」

「ならいいんだが、悪夢というのは少々厄介でね。嫌なことを忘れてぐっすり眠りたいと思って、睡眠薬や向精神薬で解決しようとする人もいる。だけどこれはあまりお勧めできない。きみは今のところそこまでひどくなさそうだけど、悪化して薬に頼りたいと思うようになったらまず私か精神科医に相談してほしい、いいね？」

薬で解決しようという発想はまったくなかったので、少々面食らいつつ頷く。けれど考えてみたら、世の中には悲惨な経験が薬物中毒の入り口になっているケースも多いのだ。

「嫌な記憶はすぐに消えるものじゃないし、カウンセリングで即解決できるものでもない。時間の経過とともに薄れていくまで辛抱強く待つしかないんだ。けど、症状をやわらげたり、生活の質を向上させるための手助けはできる。辛くなったら、またここに来て」

「はい、ありがとうございます」

小さく微笑んで、雪都は立ち上がった。

相談室の外に出てから、詰めていた息をふっと吐き出す。

カウンセリングを受けて、今自分はどう感じているのか。気持ちは軽くなったのか。

（……わからない）

今はただ、特に悪いことは起きなかったという感想しかない。不快な思いをせずに済んで良かった——ただそれだけだ。時間が経てば、シンプソンとの会話に癒やしや効果を感じることができるようになるのだろうか。

廊下の向こうに人影が現れたのが見えて、はっと我に返る。

ここで立ち尽くしていても仕方ない。くるりと踵《きびす》を返し、雪都はエレベーターホールの方向へ急いだ。


——その日の夕刻。

犯罪被害者支援センターが入居するビルのロビーを横切っていると、ふいに背後から名前を呼ばれた。

振り返ると、つかつかと歩み寄ってきたのは上司のエリンだった。

「今日は休みじゃなかった？」

「ええ、そうなんですけど、何日かお休みさせてもらったので代わりに出勤です」

雪都が答えると、エリンは気遣わしげに眉を寄せた。

「仕事に来てくれるのはありがたいんだけど、無理しなくていいのよ」

「大丈夫です、無理はしてません。何かしていたほうが気が紛れますし」

上司を安心させようと、笑みを浮かべる。実際ホテルでひとりで過ごすよりも、自分が何か少しでも役に立っているのを実感したかった。

エレベーターに乗ってふたりきりになると、エリンが「ちょっといい?」と切り出す。

「普通だったら立ち入ったことは訊かないんだけど、あなたはカウンセラー志望者だから敢えて訊くわね。大学の相談室はどうだった?」

エリンの質問に、雪都は少し考えてから口を開いた。

「行ってよかったと思います。親身になって話を聞いてくれましたし」

「あなたは心の内側が顔に出るからわかりやすいわ。遠慮せずに本当のことを言ってよ」

エリンの苦笑に、雪都はぎくりとした。確かにポーカーフェイスは苦手なほうだが、そんなにわかりやすいのだろうか。

「いえあの、行ってよかったというのは本当です。感じのいいかたでしたし、今までパートナーや友人には言えなかったことも話せましたし」

「だけど?」

「……ええと、僕がカウンセリングについて学んでいて、手の内を知っているからかもしれませんが、すべて予想通りで……」

「それはまあ、仕方ないわね。種を知っていて手品を見に行くようなものだから、驚きや新鮮さは味わえない」

頷きながらエレベーターを降りて、雪都はちらりとエリンに視線を向けた。カウンセリングを終えてからずっと心にわだかまっていることを、思い切って口にする。

「クライアントがカウンセリングに求めているのはなんなのか、考えさせられました。僕はずっと、安心感や癒やしだと思ってたんです。でも実際カウンセリングを受けてみて、初対面の相手にそれを期待するのは無理な話だと気づきました。僕が安心や癒やしを得られるのは、結局のところパートナーや友人で……」

「カウンセリングは無駄だと感じた？」

エリンの直球に、うっと言葉を詰まらせる。

無駄とまでは思わないものの、シンプソンとのセッションはクレイトンやジュリアンと話をしたときほどの満足感は得られなかった。結局のところ他人なので、淡々と事務的な対応だったという印象も拭えなくて……。

少し迷ってから、雪都は口を開いた。

「無駄だとは思いません。カウンセラーに救われる人もいると思います」

廊下の片隅で立ち止まり、エリンが腕を組む。

「ちなみに私はクライアントに安心感や癒やしを与えようとは思ってないわ。私がクライアントに提供するのは現状の改善のための解決法や心の回復に必要な手助け。安心感や癒やしはクライアントが自分で探せばいいと思ってる」

エリンの言葉に、雪都は軽く頭を殴られたような衝撃を受けた。

反感ではなく、そういう考え方もあったのかという驚きだ。

「……そっか……そういうふうに考えればいいんだ」

「ま、センター内でも意見が分かれるところだけどね。私みたいなタイプもいるし、カウンセリングの場がクライアントにとって安心で居心地のいい場所になるよう務めてる人もいる。いずれにしても、犯罪被害者支援に関しては効果があるのは二割か三割ってところだけど」

「そんなに低いんですか?」

「まず、心を開いてくれないクライアントが多い。人に言われて仕方なく来てるクライアントは特にそう。信頼関係を築くことができたとしても、心の傷が深すぎて救えない場合もある。この仕事を始めた頃は、無力感にさいなまれることが多かったわ」

「…………」

エリンの言葉を聞いて、雪都はシンプソンの心情に思いを馳《は》せた。

彼の目に自分はどう映ったのだろう。素直にカウンセラーの話に耳を傾けているような態度を取りつつ、内心「教科書に書いてある通りのセッションだな」とか「ここで話をしても何も変わらないのでは」などと思っているのが見え見えだったに違いない。

おそらくシンプソンは、雪都が少々上の空だったことに気づいている。あっさりセッションを終わらせたのは、今それを指摘してもプラスにならないと判断したからではないか。

「あの……言葉は悪いですけど、セッションってある意味、お互い腹の探り合いみたいなところがありますね」

雪都の呟きに、エリンが声を立てて笑った。

「ええ、その通り。私も、出会い系で初めて会う人とのデートみたいなものだって思ってる」

エリンが周囲を見まわし、声を潜める。

「これは私見だからここだけの話だけど、ぶっちゃけカウンセラーとクライアントは相性なのよ。もちろんカウンセリングの知識や技術も大事だけど、それも相性の悪い同士だと効果が薄い。そんなときは無理して心を開かせようとせず、他のカウンセラーにバトンタッチしたほうがいい。どこかに相性のいいカウンセラーがいるはずだから」

「カウンセラーとして、この人の力になりたいと思っても？」

「クライアントに共感して寄り添いたい気持ちは大事だけど、すべての人を救えるわけじゃない。この人は私には心を開いてくれないってわかったら、諦めることも必要よ。そのほうがお互いのためになる。ある程度割り切らないと、この仕事は続けられないわ」

「相性……ですか。それって努力ではどうにもならない部分ですよね」

「そういうこと。だけどネガティブにとらえないで。カウンセラーが多ければ多いほどクライアントに合う人が見つかりやすい。将来あなたに救われる人は必ずいる」

軽やかに言い放ち、エリンは腕時計に目をやった。

「おっと、ミーティングに遅れそうだわ。じゃあね」

風のように去っていくエリンの後ろ姿に、雪都は目をぱちくりさせた。

(意外……エリンって仕事に関しては厳格なイメージだったのに)

センターでも、彼女は真面目で仕事熱心で責任感の強いカウンセラーとして知られている。そんな彼女が結局のところ相性だと言い切ったことに、雪都は少なからず戸惑いを覚えた。インターン仲間の中には、エリンは冷淡でとっつきにくい、カウンセラーならもっとフレンドリーな態度を取るべきだと言う者もいたし、実は雪都もちょっぴりそう思っていた。

しかし彼女の話を聞いて考えを改める。クライアントの中にはフレンドリーな態度を馴《な》れ馴れしいと感じる人もいるだろうし、ビジネスライクに淡々と応じてくれたほうが気楽でいいという人もいるだろう。

(難しいな……)

廊下の隅に立ち尽くし、雪都は足下の床を見下ろした。

もちろんエリンの言い分がすべて正しいとは限らない。カウンセラーそれぞれに持論があり、クライアントとの向き合い方も違う。

どういうカウンセラーになりたいのか、自分の中にははっきりビジョンがあったはずなのに、今はそれが揺らいでいて――。

「どうしたの？　気分でも悪い？」

通りかかった職員に声をかけられ、慌てて雪都は顔を上げた。

「いえ、なんでもありません。ちょっと考え事してて」

いったん思考を休止することにして、雪都は急いで事務室へ向かった。

その晩ホテルの部屋に戻ると、珍しくクレイトンのほうが先に帰ってソファでくつろいでいた。

「おかえり、雪都」

「ただいま、クレイトン」

屈《かが》んで軽くキスをかわし、クレイトンの手元に目をやる。くつろいでいるように見えたが、捜査の資料を読んでいたらしい。

「夕食は済ませました？」

尋ねると、クレイトンが資料を閉じてテーブルに置いた。

「きみが帰ってきたら一緒に食べに行こうと思って待ってたんだ。ルームサービスでもいいけど、先週行ったイタリアンレストランはどう？」

「いいですね。ラザニアがすごく美味《おい》しかったし、お店の雰囲気もよかったし」

「よし、決まりだ。ところでカウンセリングはどうだった？」

クレイトンの隣に掛けて、雪都は「悪くなかったです」と言いながら視線をさまよわせた。

「今ひとつだったって顔だな」

「それについては夕食のときにワインを飲みながら話します。事件のほうは何か進展ありました？」

クレイトンがこちらに体を向けるように座り直し、ソファの背に肘をついた。

「刑事がルーベン・グローヴの自宅を訪ねたが留守だった。行き先を確認するために勤務先の運送会社に連絡したら、一ヶ月ほど前に退職したそうだ。その後の職業は不明、自宅を見張っているが、まだ帰宅していない」

「仕事辞めたんですね……」

「そう。そしてトレント・ペリーが強盗事件の前にボルティモアの〈J&Pリモデリング〉で働いていたことがわかった。短期のアルバイトで記録は残っていなかったが、刑事が問いただすと社長が渋々認めたそうだ。強盗事件が報道されたときにすぐ気づいたけど、犯罪者を工事現場に出入りさせてたって知れ渡ったら会社の評判に傷がつくからと黙ってたらしい」

「まあそうですよね。トレントはあの家の内装工事にも関わってたんですか？」

「ああ。アシスタントとして出入りしていたのをベテランの職人が覚えていた」

それを聞いて、雪都は背筋がぞくりとするのを感じた。キッチンで死んでいたあの男性は、かつてあの家に出入りしていたのだ——。

「ルーベンの自宅からは、うちから持ち去ったとみられる箱は見つからなかった。まあ自宅には隠さないだろうな。中身が宝石なら、もうどこかの質屋か故買屋に持ち込んで換金したかも」

「トレントの出所を知って、ルーベンは宝石の隠し場所を突き止めようと見張ってたんでしょうね」

「ああ、俺でもそうする。トレントが宝石を取り出したところへ颯爽《さっそう》と現れて、分け前をよこせと銃を突きつける」

「物騒ですね」

「実際そんな感じだったんじゃないかな。銃は持っていなかったのか、あるいは発砲音で通報されたら困ると思ったのか、手近にあったフライパンで殴ったようだが」

またしてもあの光景がよみがえりそうになり、雪都は残像を振り払うように軽く頭を振った。

「もうひとつわかったことがある。警察が防犯カメラの映像を調べたところ、殺人事件当日にトレントを尾行する車がいて、運転手がルーベンであることが確認された。更に後部座席にも人影があって、仲間がいたと見て調査中だそうだ」

「そういえば家の中の足跡も、侵入者が三人以上いたのではないかって話でしたね」

「招待してない客が何人も勝手に上がり込んでたってのは、実に嫌な気分だよ。さて、そろそろ食事に行こうか」

「ええ、お腹《なか》ぺこぺこです」

立ち上がって、雪都は伸びをした。

事件直後はともかく、今はクレイトンと事件の話をしても気持ちがささくれ立ったりしないし、一緒にいるだけで安心できる。大変な状況であることに変わりはないが、クレイトンとふたりなら乗り越えられると確信できた。

（僕にとってクレイトンって、最高の伴侶であると同時に最高のカウンセラーかも）

では、自分にカウンセリングは必要なかったのだろうか。

今はそれについて考えるのをやめて、雪都は出かける支度をするためにバスルームへ向かった。

2月12日

犯罪被害者支援センターの事務室で、雪都《ゆきと》はパソコンのキーボードを叩《たた》きながら眉根を寄せた。

なぜか報告書の数字が合わない。三回読み直してようやくミスを見つけ、訂正した数字を入力していく。

「雪都、それが終わったら会議室の椅子の並べ替えをお願いできる？　明日の朝いちばんで地区ミーティングに使いたいの」

「はい」

職員の呼びかけに笑顔で応じ、雪都はモニターに向き直った。細心の注意を払って数字を入力していくが、頭の中にはどうしても別のことが浮かんでしまう。

――被害者の身元が判明して五日。すぐに解決するだろうと思っていたのだが、捜査は停滞中だ。

容疑者ルーベン・グローヴはまだ見つからず、車に同乗していた仲間についても顔が判別できなくて依然不明。

殺害現場で採取された毛髪が鑑定の結果ルーベンのものと判明したため、警察はルーベンを指名手配した。しかし今のところ有力な目撃情報もなく、ルーベンはうまく雲隠れしてしまったようだ。

警察もただ手をこまねいているわけではなく、ルーベンと繋《つな》がりのある人物を洗い出して訪ねているらしいが……。

「よし、終わった」

完成した報告書を事務室長のアドレスに送信する。パソコンの電源をスリープにして、雪都は席を立った。

同じフロアにある会議室のドアを開け、さっそく円座に組まれた椅子を元の位置に戻していく。今日はここでアルコール依存症患者の集会が開かれていたので、終了後の懇親タイム用のコーヒーマシンや電気ケトル、クッキーなどの軽食の紙皿も出しっぱなしになっていた。

それらをすべて片付け、ホワイトボードを拭いていると、ふいに会議室のドアが大きな音を立てて開いた。

振り返ると、ドアを開けたのはレイシーだった。

「レイシー……どうしたの？」

「……入ってもいい？　ピアスなくしちゃって、昨日のグループセッションのときに落としたのかもと思って」

強《こわ》ばった表情で、レイシーが雪都の顔を窺《うかが》うように尋ねる。

「いいよ、どうぞ」

笑顔を作って、雪都はホワイトボードに向き直った。

相変わらずレイシーはセンター内では誰に対しても不機嫌で強気な——ときに喧嘩腰《けんかごし》に見える態度を取っている。そんな彼女が、雪都を見て一瞬怯《おび》えたような表情を浮かべたのが気になった。

レイシーに何があってここに来ているのか、雪都は知らない。けれど彼女が、男性とふたりきりになる状況を避けているのはなんとなく気づいていた。

足早に会議室の後方へ向かったレイシーが、しばらくして「あった」と呟《つぶや》く。

「あった？　よかったね」

振り返って声をかけると、レイシーがぎこちなく頷《うなず》いた。開け放ったドアから出て行こうとした彼女が、思い直したように立ち止まる。

「あなたインターンなんでしょう？　雑用ばっかりやらされて嫌にならない？」

レイシーのセリフに、雪都は小さく笑みを浮かべた。

「雑用ばっかりってほどじゃないよ。グループセッションやアートセラピーのアシスタントをやらせてもらってるし」

「アートセラピー、私もカウンセラーに勧められたっけ。興味ないからパスしてるけど」

レイシーが自分から進んで話をするのは珍しい。何か話したいことがあるのかもしれないと思い、雪都は雑談を続けた。

「絵だけじゃなくて手芸もやってるけど、興味ない？」

「全然。ひとりで本を読んでたほうがよっぽどいいわ」

「アートのクラスも、みんなひとりで黙々と作業してるよ」

「だけどウィラがいるでしょう？ あの子おしゃべりだから、やたら話しかけてくるし」

レイシーの大袈裟《おおげさ》なしかめ面に、雪都は声を立てて笑った。

ウィラは例のヴァンパイア小説でレイシーと距離を縮めようとしたが、空振りだったらしい。『読んでみたけど好みじゃなかった』と言われたそうで、がっくり肩を落としていた。けれど話をするきっかけにはなったようで、昨日のグループセッションでは並んで座って時折言葉を交わしていた。

レイシーもつられたように口元に笑みを浮かべ……それから意を決したように一歩前に足を踏み出す。

「あのさ……ちらっと噂《うわさ》で聞いたんだけど、あなたの家で殺人事件があったって本当？」

おずおずと問いかけられ、雪都は頷いた。

「うん……残念ながら本当なんだ」

職員からその話はするなと口止めされているわけではないし、事件そのものは既にニュースで報じられている。ＦＢＩ捜査官の自宅だという点は警察が伏せてくれたが、センターには自宅で事件があったことは報告しているので、クライアントの耳に入るのは時間の問題だろうと思っていた。

「大丈夫？」

気遣わしげに尋ねられ、彼女が心配してくれているのが嬉《うれ》しくて雪都は微笑《ほほえ》んだ。

「うん。事件直後はさすがに大丈夫じゃなかったけど」

レイシーがもう一歩前に進み出て、そばの会議机に軽く尻を乗せる。

「……もしかして現場を見ちゃった？　その、ニュースサイトに〝帰宅した住人が発見〟って書いてあったから」

話していいものか一瞬迷ったが、雪都はこくりと頷いた。

レイシーは何か話したがっている。だったら、訊《き》かれるままに答えたほうが彼女も話しやすいだろう。

しばし無言で床を見つめていたレイシーが、顔を上げてぼそっと呟いた。

「私も自宅で起きた殺人事件の第一発見者なの」

「……そうなの？」

「ええ、しかも殺されたのは私の姉だった」

衝撃的な告白に、雪都は言葉を失った。

自分の場合は殺されていたのは見知らぬ他人だったが、それでも衝撃は大きかった。亡くなっていたのが家族だったなんて、レイシーにとってどれほどショックだっただろう。

「姉は……タニアは当時十七歳の高校生で、あの日は体調が悪くて学校を休んでた。私が学校から帰ったら玄関の鍵が開いてて、変だなと思いつつ中に入って」

レイシーが言葉を途切らせたので、雪都は心配になって「無理に話さなくていいよ」と声をかけた。

レイシーが顔を上げ、きっぱりと「大丈夫、無理はしてない」と告げる。

「タニアの部屋のドアをノックして声をかけたけど、返事がなかった。心配になってドアを開けたら……」

ふいにレイシーの瞳からぽろりと涙がこぼれ落ち、慌てて雪都は彼女に駆け寄った。

そっと肩に手を置くと、レイシーが手の甲で涙を拭って雪都を見上げる。

「びっくり。あの事件以来、人前で泣いたことなんかなかったのに」

「多分、タイミング的にちょうど涙がグラスに一杯になったんじゃないかな」

「ああ……それね。私のグラスは結構大きくて、なかなか満杯にならないんだけどね」

レイシーが少し照れたように微笑み、視線を床に落とした。

「犯人はすぐに捕まった。タニアの元彼で、別れたあと嫌がらせが酷《ひど》くて接近禁止命令が出てたんだけど、彼の親が遠くの寄宿学校に転校させたから安心してたところだった」

「辛《つら》い経験をしたんだね」

　こんなとき、ありきたりな言葉しか出てこないのがもどかしい。けれど他にかけるべき言葉が見つからなかった。

「家族を亡くした子は多いし、犯罪絡みで亡くしたって人も多いと思う。だけど、家族がナイフで刺されて血まみれになってるのを見たって子は……」

　レイシーが言葉を詰まらせ、口元を手で押さえる。

　彼女の肩をさすりながら、雪都は心の中で自問自答した。

　カウンセラーの資格を持っていない自分が、このまま彼女の話を聞いていいのだろうか。資格云々《うんぬん》よりも、自分が彼女の心の傷に対処できるのか不安が込み上げてくる。

「レイシー、僕はまだ半人前だ。きみの担当はオコナー先生だよね。先生に話してみる？」

　雪都の問いに、レイシーが首を横に振った。

「いいえ、私はあなたに聞いて欲しい。それってまずい？　あなたに迷惑かけちゃう？」

「そんなことないよ。これはカウンセリングじゃなくて、どっちかというとクライアント同士の会話だから」

　レイシーを安心させるように、雪都は笑みを浮かべた。

　そうだ——今は資格がどうのとか関係ない。これは雪都とレイシーの、同じ経験をした者同士の対話なのだ。

「私、別にオコナー先生のこと嫌ってるわけじゃないんだよ。反抗的な態度の私に苛《いら》つくこともなく、根気よく接してくれてるし。だけど、どうしても考えちゃう。この人は私の頭の中を観察しようとしてるって」

「ああ……それ」

わかるよ、と言おうとして、言葉を飲み込む。

レイシーが小さく笑い、「大丈夫、誰にも言わないから安心して」と囁《ささや》いた。

「実は僕も大学でカウンセリングを受けたんだ。だからきみがさっき言った観察されてるような感じじっていうの、すごくわかる」

これは多分、クライアント側の立場になってみたからこそわかる感覚だと思う。

もちろんカウンセラー側は適切な療法を探すためにクライアントの状態を見極めているのだろうが、その段階でクライアントが不快に感じたり、傷ついたりすることもあるわけで……。

レイシーがふうっと息を吐き、宙を見上げる。

「タニアは美人で優しくて、自慢の姉だった。タニアのことを思い出すとき、あの素敵な笑顔を思い浮かべたいのに、目の前に浮かんでくるのはベッドで血まみれになってた姿で……」

再びレイシーの瞳が潤み、語尾が震えた。

「タニアは全身を数十ヶ所刺されてた。ベッドは血の海で、仰向《あおむ》けに倒れていたタニアは苦しそうに顔を歪《ゆが》めてて、二度と思い出したくないくらい惨《むご》い光景だった。なのに目を閉じると浮かんでくるの。タニアが殺されたことは本当に悲しくて辛かったけど、本当にいちばん辛いのはタニアの最期の姿を忘れられないこと」

レイシーの頰に、ぽろぽろと涙が伝っていく。

「……同じだ。僕も遺体を発見したときの記憶を消去したいのにできないんだ。亡くなった人を気の毒だと思うべきなのに生理的な嫌悪ばかり募ってしまって、そんな自分が嫌になる」

レイシーの手が伸びてきて、そっと雪都の肩に触れた。

「私もよ。私も、タニアの無残な姿を気持ち悪いって思ってしまう。大好きだった姉のことをそんなふうに思いたくないのに」

レイシーの告白に、雪都は心がずきずきと痛むのを感じた。

自分の場合は他人だったが、レイシーが見たのは愛する姉の姿なのだ。気持ち悪いと感じてしまう罪悪感も、自分とは比べものにならないほど大きいだろう。

そしてその罪悪感が、レイシーの心を深く傷つけている。

「……どうすればいいんだろうね。いいアドバイスを送りたいけど、僕もこの気持ちをどうしていいかわからないんだ」

雪都の正直な言葉に、レイシーが涙を拭いながら小さく笑みを浮かべる。

「辛い気持ちは誰かに話したほうがいいって散々言われてきたんだけど、このことだけは一生誰にも言うつもりなかった。タニアが死んで悲しい、犯人が憎い……そういうことは言えても、これは言っちゃだめだって」

「僕もパートナーや友達には言ってないし、多分これからも言わないと思う」

「私も家族や友達や彼氏には絶対言えない。言わなくてもいいよね」

「うん、言わなくていいよ。でも、気が向いたら今みたいにカウンセラーに話してみるのもいいかも」

「そうだね」

素直に頷きつつ、レイシーが「気が向いたらの話だけど」と付け加える。

「ありがと。同じ経験をした人と話せてよかった」

「僕もだよ」

心からそう感じていた。犯罪に巻き込まれた被害者同士、自分の中で持て余していた感情を共有できたのが嬉しい。行き場のなかった思いがようやく居場所を見つけたような、そんな気持ちだった。

「このことは誰にも言わずここにしまっておくから、安心して」

胸を叩きながら言うと、レイシーが穏やかな笑みを浮かべた。

◇◇◇

雪都がレイシーと話していた同じ頃、クレイトンは夕刻のラッシュ前の幹線道路を北上していた。

『ルーベン・グローヴが遺体で見つかりました』

一時間ほど前、シムズ警部補から連絡を受けたクレイトンは、しばし言葉を失った。

事件の捜査では何が起きてもおかしくない。関係者の死亡にいちいち驚いたりはしないが、解決が遠のいたことはクレイトンを憂鬱な気分にさせた。

『自殺ですか?』

『いえ、他殺です』

シムズとのやりとりを思い出し、ため息をつく。

自宅にまつわる事件で、また殺人が起きてしまった。自分はともかく、少なからずショックを受けるであろう雪都のことが心配だ。

いくつかベッドタウンを通り過ぎ、森林公園の案内看板に従って脇道へ入る。一キロほど走ったところで、公園管理事務所の駐車場にパトカーが数台停《と》まっているのが見えた。

少し離れた場所に車を停め、エンジンを切って助手席のダウンジャケットを掴《つか》む。

車から降りると冷たい空気が頬を突き刺した。ハイキングコースの入り口に目を向け、トランクを開けてスニーカーを取り出し、革靴と履き替える。

「ガードナー捜査官」

駆け寄ってきたのは、シムズの相棒のベネットだった。ちらりとトランクとクレイトンの足元に目をやり、それから自分の足元を指さす。

「雪が溶けてかなり泥濘《ぬかる》んでますので、長靴を履かれたほうがいいかと」

「そうするよ」

ズボンの裾まで泥だらけになったベネットを見やり、クレイトンは素直にアドバイスに従った。こんな場合に備えて、クレイトンは常に車のトランクに長靴や予備の靴、着替えや防寒着などを積んでいる。

「遺体の発見者は？」

ハイキングコースに向かいながら、ベネットに尋ねる。

「管理事務所の職員です。ここは十二月から三月まで閉鎖されてるんですが、ときどき勝手に入ってバーベキューをする不届き者がいるそうで、定期的に見回りをしてるんだとか」

この公園に限らず、バーベキューの火の不始末が森林火災を引き起こすケースは少なくない。

ベネットと連れだって泥濘んだ林道を五分ほど歩いたところで、寒そうに背を丸めているシムズの後ろ姿が見えた。

「シムズ警部補」

「ガードナー捜査官、来てくださったんですね」

「ええ、ちょうど手が空いてたもので」

暇というわけではないが、午前中に以前担当した事件の証人として裁判所に赴き、午後はたまった書類仕事を片づけていたところだった。容疑者のルーベン・グローヴが遺体で見つかったらしいと報告すると、班長のグレース・ヤンが『今日はもう上がっていいわ』と言ってくれたので現場を見ておくことにしたのだ。

「遺体は林道から五十メートルほどの森の中に埋められてました」

「埋まっていたのにどうやって見つけたんですか?」

「見つけたのは職員の飼い犬なんです。客のいない閉鎖期間だけ飼い犬同伴で出勤してるそうで。普段は滅多に吠えないらしいんですが、森に駆け込んで吠え続けるので遭難者でもいるのかと思ったら……というわけです」

「なるほど、その犬はお手柄ですね」

「ええ、犬が見つけて吠えてくれなきゃ、容疑者が行方不明のまま迷宮入りの可能性もあったでしょうね」

シムズの言葉に、クレイトンも深々と頷いた。

「通報を受けてパトロール中の巡査が現場に急行。落ち葉の間から手の一部が見えているだけの状態だったんですが、鑑識が掘り起こして指名手配されている男だと気づいたんです」

シムズからスマホを手渡され、ひと通り現場の写真を見てからクレイトンは森に目を向けた。

「ルーベンを埋めた人物は、あまり深く穴を掘らなかったんだな」

「ええ、冬季は土が凍っていて、特に夜間は穴を掘るのは重労働かと」

「それで埋め方が雑なのか。途中で穴を掘るのを諦めて、落ち葉をかぶせて隠すことにしたんだな。犯人は近いうちに埋め直しに来る予定だったのかも」

「かもしれません。駐車場に防犯カメラがあるので、映像を回収して調べてみます」

森の中から枯れ枝を踏みしだく音が聞こえてきて、警察官が担架に乗せられた黒い遺体袋を運んでくるのが見えた。その後ろから、年配の女性が足元の悪さに四苦八苦しつつこちらに向かってくる。

「彼女が検死官です」

「こんな現場に来ることがわかってたら、アウトドア用のトレッキングシューズを履いてきたのに」

落ち葉を掻《か》き分けて林道にたどり着いた検死官は、膝に手をついて苦しそうに息を喘《あえ》がせた。

「死因は至近距離から後頭部に打ち込まれた銃弾、位置的に自分で撃つのは不可能だから他殺で間違いなし。解剖してみないと詳しいことはわからないけど、殺されたのは二十四時間以内、昨日の午後九時から十一時ってところね」

「ここで殺されたのか、どこか別の場所で殺されたのかはわかります？」

シムズが尋ねると、検死官が乱れた髪をかき上げながら顔を上げた。

「それも調べてみないと今はなんとも」

「別の場所で殺されて運ばれたんじゃないかと思います。遺体の衣服にビニールシートの破片が付着してました」

遺体を運んできた警察官のひとりが、上着のポケットから証拠品採取用の袋を出してシムズに手渡した。

工事現場などでよく使われているビニールシートだ。古びて劣化していたらしく、ちぎれた破片が五、六枚。

「ルーベンはトレント殺しの犯人もしくは共犯者だろうが、そのルーベンもまた誰かに殺された……」

独りごちて、クレイトンはシムズに向き直った。

「これで宝石強盗仲間は三人とも死んだ。他にも仲間がいた可能性はありませんか?」

「十二年前の強盗事件の際は、この三人だけで他に仲間はいませんでした。が、出所後のルーベンに仲間がいたのは確実でしょうね。トレント殺しの日、車の後部座席に誰かが乗っていた」

「家族や友人、刑務所内で知り合った人間は?」

クレイトンの質問に、それまで黙って聞き役に徹していたベネットがポケットから手帳を取り出して開く。

「僕が三人の家族を調べたんですけど、トレントとルーベンは崩壊家庭育ちで親族とはほとんどつき合いがありません。亡くなったケニーの両親は健在ですが、離婚して今はそれぞれフロリダとオクラホマに住んでます。強盗事件当時、ケニーだけ妻帯者で、妻のペイジが何度か刑務所に面会に行ってます」

シムズが「三人の身辺を洗い直したほうがいいかもしれんな」と呟く。

「刑務所内で知り合って、その後もつき合いがあった者がいないか探してみます」

「ペイジは三日前に自宅を訪ねたときは留守でした。勤務先のネイルサロンも訪ねたときは休みで。これからもう一度行ってみます」

「今から？　俺は例の件で署に戻らなきゃならないんだが……」

ベネットとシムズの会話に、クレイトンはちらりと腕時計を見やった。

「差し支えなければ、私がベネット巡査部長に同行させてもらっていいですか」

警察の仕事に首を突っ込むのはＮＧだが、彼らも他に事件を抱えて忙しい。今朝ＤＣ中心部で通り魔事件があったばかりなので、人手が足りていないのは明らかだ。

ＦＢＩが出しゃばるのを嫌う警官も多いが、シムズは縄張り意識が薄いらしく、ほっとしたように表情を緩めた。

「そうしていただけると助かります。例の通り魔事件のせいで、いろいろ皺寄《しわよ》せが来てまして」

「無差別殺人の犯人を捕まえるほうが優先事項ですからね。ネイルサロンは何時までやってるんですか?」

「えっと……十時までです。ペイジは午後二時から閉店までの遅番シフトだそうです」

「先にネイルサロンのほうに行ってみましょう」

「はい、これが店の名前と住所です」

ベネットから走り書きのメモを受け取って、クレイトンは泥濘んだ林道を大股で引き返した。


ペイジが勤めているネイルサロンは、先日雪都と訪ねた老人ホームの近くにあった。

広々した駐車場の向こうにスーパーマーケット、ファストフード、雑貨店などがずらりと並ぶ、いわゆる郊外型多店舗の一角だ。

空いているスペースに車を停めて、タブレットでネイルサロンのサイトを検索する。サイトにはネイリストの顔写真と名前が掲載されており、ペイジが暗褐色のロングヘアに茶色の瞳、少々険のある顔立ちだということがわかった。

というか、化粧が濃すぎて元の顔がわからない。他に写真はないか検索していると、隣にベネットの車が到着した。

「お待たせしました」

「いえ、私もさっき着いたところです」

ベネットと一緒にネイルサロンへ向かいながら、クレイトンはコートのポケットに入っているFBIの身分証を指先でなぞった。

「ベネット巡査部長、FBIが捜査に加わっていると思われたくないので、私のことは同僚みたいな感じでさらっと紹介してもらえます？　相手が何か言ってきたら、そのときは適当に対応しますので」

「そうですね。そのほうがいいですね」

ベネットがネイルサロンのドアを押し開けると、ちりんとベルが鳴ってカウンターにいた女性が顔を上げた。

「いらっしゃいませ、二名さま？」

サイトにも載っていた、東南アジア系と思《おぼ》しき愛らしい顔立ちの女性だ。彼女ににっこりと微笑まれ、ベネットがたじろいだように言葉を詰まらせる。

「いやあの……ええと、ペイジ・ボイドさんにお話を伺いたいのですが……」

営業スマイルをすっと引っ込めて、女性が声を潜めた。

「ああ、私の留守中に来たっていう警察の人ね。ペイジは今日は早番シフトだったから、四時に退勤したわ」

「こないだ受付の方に、ボイドさんは遅番シフトだって聞いたんですが」

「基本的にはね。けど他のネイリストの出勤状況でいろいろ変わるんです」

「そうですか。ええと……」

口を挟むまいと思っていたが、ベネットが困ったようにこちらを見るので、仕方なくクレイトンは質問を引き継いだ。

「ボイドさんはここに勤めて長いんですか？」

とりあえず無難な質問をしつつ、ぐるりと店内を見まわす。細長い店内には椅子が五つ並んでおり、女性客がふたりと男性客がひとり、ネイリストの施術を受けていた。

「いいえ、半年くらい。うちに来る前はアトランティックシティの大手ネイルサロンに勤めてたって言ってたわ」

アトランティックシティにいたというのは初耳だ。ちらりとベネットに視線を向けると、そのまま続けてくださいと目で訴えてきた。

主導権を譲ってくれるというなら遠慮する必要はない。まわりくどい質問はやめて、クレイトンはさっさと仕事を済ませることにした。

「彼女の亡くなった夫が十二年前に強盗事件で逮捕されたのはご存知ですか？」

「……えぇっ？」

それまで迷惑そうな顔をしていた女性——首から提げた名札にマネージャーという肩書きがついているのでこの店の責任者だろう——が、さっと顔色を変えた。

「当時の強盗仲間が殺された件で捜査中なんです。ボイドさんの交友関係をお訊きしたい」

「ここじゃなんだから、奥の事務室で」

小声で言って、マネージャーが踵《きびす》を返す。狭い事務室に入って後ろ手にドアを閉めると、彼女がため息をつきながら振り返った。

「ペイジは何かまずいことに関わってるの？」

「わかりません。それを調べているところです」

「交友関係って、つまり彼氏がいたかとか、そういうこと？」

「それも含めて」

マネージャーが腕を組み、宙を見上げる。

「店の子に恋人がいるかどうかとか、そういうプライベートな話は聞かないことにしてるの。自分からぺらぺらしゃべる子もいるけど、ペイジはここではそういう話はいっさいしない。だけど、つき合ってる人はいたと思う」

「何かそういう気配があったんですか？」

「ちょっと前に男性が車で迎えに来たことがあったの。友達だって言ってたけど、あれは絶対彼氏ね。車が来たとき、いつも仏頂面のペイジがすごく嬉しそうな顔してたもの」

ベネットと目を見交わし、小さく頷く。ペイジに男がいるとしたら、有力な容疑者候補だ。

「名前は？　顔は見ました？」

矢継ぎ早に尋ねると、マネージャーは首を横に振った。

「名前は聞いてないし顔も見てない。彼は駐車場に停めた車から降りなかったから」

「なぜ男性だとわかったんです?」

クレイトンの質問に、彼女は面食らったように目を瞬かせた。

「言われてみれば、男性かどうかわからないわね。私が勝手にそう思い込んだだけで、女性の可能性もあるわね」

「どんな車だったか覚えてますか?」

マネージャーが「うーん」と唸《うな》りながら顔をしかめる。

そんな表情をしていても、彼女は可愛《かわい》らしく魅力的だった。ちらりと隣に視線を向けると、ベネットは直立不動で彼女に見とれていた。

「ちょっと離れた場所に停めてたから……黒っぽい色のステーションワゴンだったと思う」

駐車場の防犯カメラに映っていれば確認できそうだ。「いつだったかわかりますか?」と尋ねると、しばらく視線をさまよわせていた彼女が「ああ」と声を上げる。

「そういえばあの日の昼間、スーパーに来たお客さんが気分が悪くて倒れたとかで救急車が来てた。調べればすぐにわかるはずよ」

「ご協力ありがとうございます。他に何か思い出したことがあったら……」

言いながら、軽くベネットの肩に触れる。ベネットが、はっとしたように懐から名刺を取り出した。

「ええと、何か思い出したことがあれば、こちらにお電話ください」

名刺を受け取り、マネージャーがクレイトンとベネットの顔を交互に見やる。

「警察が来たこと、ペイジには言わないほうがいいのよね？」

「我々には口止めする権利はありません」

どのみち警察が来たことはペイジも聞いているだろうし、元夫の強盗仲間が殺されたニュースも知っているはずだ。今姿をくらましたりしたら、疑いの目で見られることは重々承知しているだろう。

ネイルサロンをあとにすると、ベネットが詰めていた息をふうっと吐き出した。

「すみません、何もかもお任せしちゃって」

「構いませんよ」

ベネットの挙動不審は、おそらくマネージャーに一目惚《ぼ》れしたことが原因だろう。

自分の同僚だったら、仕事中に気を散らすなんてと苛立ったところだが……。

（いや、雪都と再会する前だったら、かな）

いつどこで運命の相手に出会うか、自分でコントロールできるものではない。自分はたまたま休暇中に再会したからよかったが、もし仕事中に偶然雪都と再会していたら、平静ではいられなかっただろう。

右手の指先で左手の薬指のプラチナリングをなぞり、クレイトンは口元に笑みを浮かべた。

警察官が事件の関係者と個人的な繋がりを持つのは禁止されているが、マネージャーは事件にかかわっているわけではない。ベネットもマネージャーも指輪をしていないし、シングル同士の恋愛なら倫理的な問題もない。

「ペイジの家に行ってみましょうか。運が良ければ、謎めいた恋人らしき人物に会えるかもしれない」

「ですね。あ、住所はメールしておきましたので」

メールが届いていることを確認してから、クレイトンは車に乗り込んだ。エンジンをかけて時刻を見やり、そろそろ雪都が仕事を終えて帰宅する時間だと気づく。

早く雪都のもとへ帰りたいが、事件解決のためにもう少し残業しなくては。

車を発進させ、クレイトンはベネットの車のあとに続いた。


ペイジの自宅は、町外れの古びたアパートの一室だった。

ベネットがインターフォンを鳴らして来意を告げると、ペイジはあからさまに迷惑そうな態度でドアを開けた。

「そろそろ来る頃だろうと思ってたわ」

「入っていいですか?」

ベネットの問いかけに、ペイジが肩をすくめて一歩下がる。

こぢんまりした部屋は、散らかっているというほどではないが、片づいているとも言いがたかった。ペイジもくたびれたスウェット姿で無造作に髪を束ねており、メイクを落とした素顔には疲労と不摂生がにじみ出している。

「で、何が訊きたいの」

くるりと振り返り、ペイジが腕を組んでクレイトンとベネットを交互に見上げる。

「あなたの元夫の強盗仲間が殺された件です」

「トレント・ペリーね。ニュースで見たわ」

ペイジの表情はまったく変わらなかった。ただしドアを開けた瞬間から警戒心を漲《みなぎ》らせているので、感情を顔や態度に出さないように細心の注意を払っているだけとも言えるが。

「これは関係者全員に伺っているんですが、二月五日の午前十一時から午後一時はどちらに？」

「五日？　何曜日？」

「金曜日です」

「金曜日ならネイルサロンで仕事してた。その日は早番で十時に出勤したから、店の同僚やお客さんが証言してくれるはず」

「では、昨日の午後九時から十一時は？」

ベネットの質問に、ペイジの表情が怪訝そうに変わる。

「昨日？　なんで？」

ベネットはすぐには答えず、ペイジを観察するように見下ろした。先ほどのネイルサロンでは少々頼りなかったが、あれは例外だったのだろう。

「もうひとりの強盗仲間、ルーベン・グローヴが遺体で見つかりましたので」

ベネットが淡々と告げた瞬間、ペイジが「ええ？」と声を漏らし、体を強張らせたのがわかった。

（本当に知らなかったのか、それとも思いがけず早く発見されたことに動揺したか？）

ペイジは小柄で痩せ形、身長はおそらく百六十センチ前後だ。ルーベンは約百八十五センチで体重は百キロ以上、銃で撃つのは難なくできただろうが、遺体をひとりで運んだとは考えにくい。

ペイジが加担してるとしたら、共犯がいるはずだ。

「待って、本当に？　ルーベンが？」

ペイジが戸惑った様子でくり返す。クレイトンには、彼女が時間稼ぎをしながらどう答えるべきか必死で考えているように見えた。

「ええ、間違いありません」

「死んだって……事故とか自殺とか？」

「いえ、殺されていました」

「殺されたって……どこで？」

「それは目下捜査中です。昨日の午後九時から十一時はどちらに？」

「私のこと疑ってるの？　ルーベンとはもう何年も会ってないわ。トレントともね。元夫はあのふたりにそそのかされて馬鹿やって捕まって、私まで共犯じゃないかって疑われて散々だった。二度と関わりたくないし、関わってない」

「質問に答えてください」

ベネットに遮られ、ペイジは視線を忙《せわ》しなく左右に泳がせた。

こんなに早く発見されると思ってなかったのでアリバイを用意してなかった、どうしよう、と焦っているように見えるのは、日々嘘つきの悪党ばかり相手にしているせいか。

「……昨日は休みだったから……起きたのは昼過ぎだった。夕方五時頃デートの約束をしてた男が迎えに来たから車に乗って出かけて、帰ってきたのは夜の十二時くらい」

「その男性の名前は？」

ペイジがふんと鼻を鳴らし、ベネットを睨《にら》みつけた。

「知らない。一応マイクと名乗ってたけど本名じゃないと思う。私も本名は言ってないし」

「その男性とはどこで知り合ったんですか？」

「ちょっと前にバーで声をかけてきたのよ。そのままモーテルに行って、相性が良かったからまた会う約束をして、これまでに何度かデートしてる。つき合ってるわけじゃなくて、モーテルに行ってセックスするだけの関係」

「なるほど。そのわりには、午後五時から深夜十二時まで長い時間一緒に過ごされたんですね」

「やったあと疲れて寝ちゃったからよ」

次第に調子を取り戻したのか、ペイジが薄笑いを浮かべる。

「モーテルの名前は？」

「オアシス・イン」

ペイジの即答に、クレイトンはベネットと顔を見合わせた。

ＦＢＩや警察の間でよく知られている悪名高きモーテルだ。今どき珍しく防犯カメラを設置しておらず、売春やドラッグの売買など犯罪の温床になっている。

ネイルサロンに迎えに来ていた黒っぽい色のステーションワゴンの持ち主が、そのマイクとやらなのだろう。ネイルサロン近辺の監視カメラを分析すれば、車の持ち主にたどり着けそうだ。

「わかりました。最後にもうひとつ、トレントやルーベンを殺した犯人に心当たりは？」

クレイトンが尋ねると、ペイジの視線が再び左右に揺れた。

「最近のことは知らないけど、あのふたりは質《たち》の悪い連中とつき合いがあったから……刑務所にいたときの仲間とかじゃないの？」

「我々もその線で捜査中です」

ベネットの言葉に、ペイジがほんの少し警戒心を緩めたのが見て取れた。自分が容疑者から完全に外れたと思うほど能天気ではないだろうが、少なくとも昨日のアリバイについてはうまくかわせたと思っているのかもしれない。

「お時間取っていただき、ありがとうございます。何か思い出したらこちらにお電話ください」

ベネットが型通りのセリフを並べ、名刺を手渡す。

玄関のドアを開けてクレイトンとベネットを見送ろうとしたペイジが、思い出したように
「そうだ、ちょっと待って」と呟いた。

「今思い出したんだけど、トレントの従兄《いとこ》はもう調べた？」

「従兄？　いいえ、名前は？」

クレイトンとベネットが振り返ると、ペイジがくいと顎を上げる。

「名前は確かグレン。私たちより三つくらい年上で札付きのワルだった。トレントは高校時代からグレンの子分みたいな感じで悪事に手を染めてたし、例の宝石強盗も計画を立てたのはグレンだったって聞いてる。実行前に傷害事件で捕まって刑務所に入ったから、強盗そのものには関わってないけど」

ペイジは饒舌《じょうぜつ》だった。あらかじめ用意していたような供述だ。

「宝石強盗事件の調書を隅から隅まで読みましたが、トレントの従兄が計画を立てたというのは初耳ですね。なぜ当時言わなかったんです？」

ベネットの質問に、ペイジは小さく肩をすくめた。

「計画者は誰か訊かれなかったし、弁護士から余計なことは言うなって釘《くぎ》を刺されてたし」

「なるほど。なぜグレンが怪しいと？」

「ケニーがグレンと同じ刑務所に入ってたの。面会に行ったときに聞いたんだけど、ケニーはグレンに『計画を立てたのは俺だから俺にも分け前をよこせ』って脅されたって。だけど宝石のありかを知ってるのはトレントだけ。あとは……わかるでしょ」

「なるほど。ご協力感謝します」

短く言って、ベネットが踵を返す。

クレイトンも「失礼します」と微笑んでから、ベネットのあとに続いた。

「ペイジの言ってたこと、本当ですかね？　名前も知らない相手と逢瀬《おうせ》を重ねてたって話」

アパートを出て路肩に停めた車に向かいながら、ベネットが小声で囁きかけてくる。

「どうかな。車の持ち主を調べて本人に訊いてみないと」

「ですね。それと、トレントの従兄についても」

ベネットの言葉に軽く頷き、クレイトンはポケットから車のキーを出した。

「私はここで失礼します。何か進展があったらお知らせください」

「はい、お疲れさまです」

ベネットと別れて車に乗り込み、クレイトンはふっと息を吐いた。

――ペイジは何か隠している。

これは捜査官としての勘だが、それを差し引いても彼女の言動は怪しかった。

（ステーションワゴンの持ち主が気になるな）

ルーベンが殺された時間に、滞在していたことを証明できないようなモーテルに一緒にいたという人物。捜査官の勘は、ペイジとその人物がルーベンを殺して森に隠したのではないかと告げている。

当然ながら警察も疑うだろうし、事件解決も近い気がする。ペイジか共犯の男の家を家宅捜索すれば、盗まれた宝石も見つかるのではないか。

近くに停めてあったベネットの車が発進する音に、我に返って腕時計を見やる。

すっかり遅くなってしまった。早く雪都に会って、事件に進展があったことを告げたい。

ペイジのアパートをちらりと見上げつつ、クレイトンは車のエンジンをスタートさせた。

◇◇◇

「おかえりなさい……！」

——時刻は午後十時半。ホテルの部屋に戻ってきたクレイトンに、雪都は読みかけの本を閉じて駆け寄った。

「ただいま、会いたかったよ」

「僕もです」

言いながら両手を広げたクレイトンの胸に、迷わず飛び込む。そしてこれは滅多にやらないことなのだが、クレイトンの体に抱きついて甘えるように頬を擦り寄せた。

しばし互いの不在を埋めるようにキスを交わす。体がほんのり熱くなりかけたところで、クレイトンが「どうした？　何かあった？」と耳元で囁いた。

「ええ、今日はいいことがあったんです。だからあなたに話したくて」

「俺もだ。俺のほうはいい話じゃないんだが、けどまあ事件に進展があったという意味ではポジティブな話かな」

「え？　何か進展があったんですか？」

驚いて訊き返した拍子に、クレイトンのお腹がぐうっと大きく鳴り響く。ふたりで顔を見合わせてひとしきり笑ってから、雪都はミニキッチンの備え付けの冷蔵庫を開けてテイクアウトの寿司とサンドイッチを取り出した。

「夕食か夜食用にと思って買っておいたんです」

「よかった。帰りに何か買ってこようかと思ったんだが、車を停めるのも億劫《おっくう》でね。きみはもう食べた？」

「ええ、このお寿司をひとパック。あ、デザートにバナナタルトもあります」

「いいね。じゃあ食べながら話すよ」

小さなテーブルに寿司とサンドイッチ、缶ビールを並べる。遅い夕食をとりながら、クレイトンは淡々と今日の出来事を語り始めた。

クレイトンの話は、雪都には衝撃の連続だった。

トレント殺しの犯人だと思っていたルーベンが殺され、強盗仲間の元妻が関わっているかもしれないなんて――。

「……あなたはペイジが怪しいと思ってるんですか？」

話を聞き終えてから尋ねると、クレイトンは「うーん」と唸りながら宙を見上げた。

「何か隠している気がする。手を下したのは彼女じゃないかもしれないが、一連の事件に何か関わりがあるんじゃないかと」

雪都も同じ印象を受けた。正体不明のデート相手、ルーベンが殺された時間の不確かなアリバイ――自分から疑いをそらすために、トレントの従兄だという男性の存在を持ち出したのではないか。

「これだけの材料で判断するのはまだ早いけどね。今のところペイジに結びつく具体的な証拠は何もない。ステーションワゴンの持ち主が誰か、監視カメラの分析結果待ちだな」

「そうですね……」

相槌《あいづち》を打って、缶に残っていたビールを飲み干す。アルコールに強いほうではないので、ビールひと缶で早くも酔いがまわり始めていた。

「事件の話はこれで終わり。きみの話を聞こう」

「ええ……前にちょっと話したでしょう、センターに来ているレイシーのこと」

クレイトンの目を見つめ、ためらいつつ切り出す。彼女の具体的な経験談を話すつもりはないが、彼女と心の痛みを共有できたことをクレイトンに伝えたかった。

「ああ、ハリネズミみたいに警戒心の強い子だろう?」

「今日、彼女のほうから僕に話しかけてくれたんです。僕の家で殺人事件があったことを知って心配してくれて……」

言葉を選びながら、雪都は今日の出来事、そして自分の気持ちをぽつりぽつりと語った。

カウンセラーを目指す上での迷い、カウンセリングへの疑問——自分の中にもやもやと渦巻いていた感情が、レイシーとの会話で少しだけ解消したこと。すべてがクリアになったとは言いがたいが、この道に進みたいという自分の気持ちを改めて実感できたこと。

酔いも手伝ってとりとめのないふわふわした話になってしまったが、クレイトンは口を挟まず耳を傾けてくれた。

「すみません、なんか何言ってるかわかんないですよね」

「そんなことないさ。表情や声音から、きみの気持ちはしっかり伝わってきてるから」

「すごい。それって超能力みたい」

くすくす笑うと、クレイトンに肩を抱き寄せられた。

「ああ、なぜかきみに関しては、いつもより洞察力が鋭くなるみたいだ」

「………」

雪都も、クレイトンの感情は他の人よりもダイレクトに伝わってくるのを日々感じている。

しばし青灰色の瞳と見つめ合ったあと、雪都はそっとクレイトンの唇に唇を重ねた。

2月13日

クレイトンがベネットとともにペイジの自宅アパートを訪ねた翌日、事件は急展開を迎えた。シムズ警部補とベネット巡査部長がトレントの従兄、グレン・ペリーの自宅を訪ねたところ、グレンが逃げようとして揉《も》み合いになったため、公務執行妨害で現行犯逮捕。自宅を調べると、盗難届が出されていた高級腕時計や貴金属、家電製品が山のように見つかったという。

警察署へ連行されたグレンは、自分は殺人には関わっていないと主張しているらしいが、アリバイは曖昧だ。トレントとルーベンの殺害時は自宅でひとりで過ごしていたと言っており、証人もいない。

『トレントが出所したあと、グレンが何度か会いにいっていたことも確認が取れました。グレンには盗品を売りさばくためのルートや人脈があるので、トレントに宝石を現金化するのを手伝うと持ちかけたのではないかと』

「あり得ますね」

『グレンの車を押収して、ルーベンの遺体を運んだ形跡がないか捜査中です。車のトランクからルーベンの血痕や毛髪などが見つかれば、グレンが犯人でほぼ間違いないかと』

シムズの言葉にどこか釈然としない気持ちを抱えつつ、クレイトンは礼を言って電話を切った。

（……いや、考えすぎか。たいていの事件は推理小説みたいに複雑なものじゃなくて、見た目通りの単純明快なケースがほとんどだ）

ペイジの逢瀬の相手、ステーションワゴンの持ち主はまだ判明していない。ネイルサロンのマネージャーが言っていた通り、ペイジの退勤時間に確かに黒っぽい色のステーションワゴンが駐車場に出入りしていたが、カメラの位置が遠すぎてナンバーも運転手の顔も識別できなかった。周辺の交通監視カメラも分析中だが、黒っぽい色のステーションワゴンというだけでは数が多すぎて絞り込むのが難しく、精査に時間がかかりそうな気配だ。

ペイジの言葉通り、単なるセックスフレンドで事件とは無関係なのだろうか。

けれどクレイトンは、ペイジの言動に何か引っかかるものがあって彼女の言葉を信用できずにいた。

（何が引っかかるんだろう）

容疑者以外にも、事件の関係者というのはうんざりするほど嘘《うそ》つきが多い。日々嘘つきを相手にしている捜査官としての勘が、ペイジは嘘をついていると告げていた。

彼女自身は殺人には関わっていないのかもしれない。だが、トレントとルーベンの死について何か知っているのではないか。

(何を知っていて、何を隠しているんだ?)

自分から疑いを逸《そ》らすため、保身のため、誰かを庇《かば》うため——。

「……やっぱりペイジがつき合ってた相手というのが気になるな」

思わず独りごちると、向かいのデスクで大量の書類にサインをしていた相棒——アフリカ系アメリカ人のジャレル・メイズが顔を上げた。

「自宅の事件、どうなってるんだ?」

「今日有力な容疑者を別件で逮捕したところです」

「そいつが犯人で間違いなさそう?」

「どうでしょう……まだ具体的な証拠がないので」

グレンの家で発見された盗品の山に、十二年前の宝飾店強盗で盗まれた品はなかった。さっさと売り飛ばして現金化したのかもしれないが……。

ペンを置いて、ジャレルが眉根を寄せながら身を乗り出す。

「ユキトは大丈夫なのか?」

ジャレルは雪都と面識がある。新居に引っ越したとき、知的犯罪捜査班のメンバーを招いて庭でバーベキューパーティをしたのだ。

「かなり参ってましたけど、カウンセリングを受けたり、同じような経験をした人と話をしたりして、落ち着いてきました」

「そうか。ならよかった」

短く言って、ジャレルが書類に視線を戻す。

ジャレルは口数が少なく、普段の会話も短いセンテンスで簡潔に済ますタイプだ。三十七歳で既に離婚歴二回、本人も会話が少なかったのが破局の原因だと認めている。

けれど捜査官としてはすこぶる優秀で、言うべきことははっきり言い、余計なことはいっさい言わない。シカゴ時代の相棒は仕事中も延々しゃべり続けてクレイトンをげんなりさせたものだが、ジャレルと組んでからはストレスフリーの日々を送っている。

（そういやシカゴにいた頃は、プライベートでも人と話すのが億劫だったな）

実を言うと、捜査官の仕事に慣れるまでプライベートな時間を楽しむ余裕がなかった。仕事を終えて帰宅しても緊張感がまとわりつき、心から安らいだ記憶がない。

仕事に慣れるにつれてオンとオフの切り換えはできるようになったが、本当に心からくつろげるようになったのは雪都と一緒に暮らし始めてからのことだ。

昨夜の雪都との会話を思い出し、クレイトンは口元に笑みを浮かべた。ソファに並んで掛け、少し酔いがまわり始めた雪都を抱き寄せ……。

（カウンセリングについて悩んでたみたいだけど、雪都なりに答えが出せたみたいだし）

これまで誰にも心を開かなかった少女に、同じ経験をしたあなたに話したいと言われたことが、雪都の心のもやもやを取り去ってくれたようだ。

『被害者経験がないほうが冷静に客観的に対応できるんじゃないかって思ってたんですけど、クライアントの中にはそれを望まない人もいて……僕はカウンセラーとはこういうものって決めつけて、その枠に自分を合わせようとしてたのかも』

正直なところ、クレイトンにはカウンセラーにふさわしい資質がどういうものかよくわからない。けれどアストンの山荘で再会したときから、雪都の細やかで優しい性格や穏やかな話し方は、人々の悩みに耳を傾け、解決の手助けをする職業であるカウンセラーにぴったりだと思っている。

(何も迷うことなく、ただまっすぐにその道を歩いて行けばいい。きみはきっと、誰かにとって最高のカウンセラーになれるはずだ)

デスクに飾ってある雪都の写真に語りかけていると、オフィスのドアがばたんと開いた。

「報告書がまだの人、今日中に提出よ」

グレース・ヤンの呼びかけに、クレイトンはいったん事件のことは頭から追い払って書類の作成に集中することにした。

——三時間後。報告書の作成を終えたクレイトンは、ジャレルとともに捜査中の投資詐欺事件の被害者に話を聞きに郊外へ赴いた。

騙《だま》された老夫婦から逃亡中の詐欺師について新たな情報をいくつか得ることができ、さっそく共犯と見られる男の捜索に取りかかり……。

ルーベン殺害事件と違ってこちらはトントン拍子に事が進み、夕方には詐欺師の潜伏先を突き止めることができた。ＦＢＩハワイ支部が身柄を拘束し、明日には移送されることになっている。

「お疲れさん。今日はよく働いたな」

ジャレルにぽんと肩を叩かれ、クレイトンは笑みを浮かべながら振り返った。

「ええ、久々に達成感で心が満たされてますよ」

「馬車馬のように働いても徒労感しか得られない日も多いもんな」

じゃあまた明日、と言いながらジャレルがオフィスをあとにする。クレイトンも帰り支度を始めたところで、携帯電話にシムズから着信が入った。

『ルーベン・グローヴの自宅の裏庭で薬莢《やっきょう》と血痕が見つかりました。撃たれたのはこの場所で間違いないと思われます』

「自宅の裏庭？　銃声が聞こえたという通報はなかったんですか？」

『ありませんでした。治安の悪い地域で、銃声は日常茶飯事なんです。近所の住人も、警察と関わるのはごめんだという連中ばかりで』

「ああ……」

シムズの言葉で、クレイトンはルーベンが住んでいた地域を容易に思い浮かべることができた。そういう場所では、下手に目撃証言などしようものなら報復される恐れがある。

「グレン・ペリーは聴取に応じてますか?」

『それが……自分はやってないの一点張りで、公選弁護人が来てからは完全に黙秘です』

「グレンの車は? 何か出ました?」

一拍置いてから、シムズが『殺人の証拠になるようなものは何も出ませんでした』と気落ちした声で答える。

『うちの署員がルーベンの自宅周辺にもう一度聞き込みに行ってます。それと、ペイジの身辺を再度洗い直してみます。オアシス・インで会ってたという男の素性も』

「わかりました、よろしくお願いします」

通話を切って、クレイトンは椅子の背にもたれて腕を組んだ。

解決の目処《めど》が立ったと思っていたが、ぬか喜びだったようだ。先ほどの達成感の喜びがかき消え、どっと疲れが込み上げてくる。

グレン、ペイジ、ペイジの交際相手……この三人の他に、事件に関わっている者がいるのだろうか。

（自宅で起きた事件とはいえ、俺はこの事件に関わりすぎだな。この件は警察に任せて、そろ

そろアパートを探さないと）
壁の時計を見やり、コートを手に取る。
今朝雪都と一緒に不動産会社のサイトを眺め、気になる物件をいくつかピックアップした。内覧の申し込みをする前に、周辺の環境を確かめたほうがいいだろう。
第一候補のアパートに立ち寄ってみることにして、クレイトンは大股で駐車場へ向かった。

――三十分後、クレイトンは落胆しつつ車を発進させた。

第一候補のアパートは治安のいい地域で生活の便もよさそうだったが、実際に行ってみるとアパートの建物から大音量の音楽が鳴り響いていたのだ。

アパートの前に車を停めて見上げると、三階のバルコニーで十人以上の男女が酒盛りをしていた。ホームパーティではなく、まさに酒盛りとしか言えない乱痴気騒ぎだ。

（ここはやめておいたほうがよさそうだな）

週末にホームパーティをするくらいならクレイトンも目くじらを立てないが、真冬にバルコニーで酒盛りをするのは常軌を逸している。奇声を発している女性もいるので、アルコールだけではなく薬物も振る舞われている可能性が高い。

誰かが通報したらしくパトカーがやってきて、クレイトンはそっと車を発進させてアパートから離れた。気を取り直して第二候補の物件を見に行くことにし、信号待ちの間に素早くカーナビを操作する。

カーナビに従って通りを右折したところで、クレイトンはこのまままっすぐ進めば自宅にたどり着くことに気づいた。

そういえば長い間家に帰っていない。シムズから帰宅して構わないと言われたのだが、忙しくてそれどころではなかったのだ。

(ついでだから着替えを取りに立ち寄ってみるか)

雪都も一度服を取りに戻りたいと言っていた。家に着いたらどの服が必要か電話しようと考えながら、カーナビの案内停止のボタンに触れる。

家のそばまで来ると、クレイトンは車の速度を落とした。

事件現場を訪れる際は警戒を怠らず、周囲に異変がないか細心の注意を払わねばならない。

二、三軒手前の路肩に車を停めてエンジンを切り、クレイトンは我が家に視線を向けた。

立ち入り禁止の規制テープは取り払われており、月明かりに照らされた家は何ごともなかったかのように穏やかな佇《たたず》まいを見せている。

しばし懐かしの我が家を眺めたあと、クレイトンは車から降りて歩道を踏みしめた。

「……っ!」

家の横、隣家との境に人影が見えてぎくりとする。

野球帽を被《かぶ》ったその人物は、左右をきょろきょろ見まわしてから小走りに裏庭のほうへ向かっていった。

（なんだ？　まさか……）

〝犯人は現場に戻ってくる〟という使い古されたフレーズが頭をよぎる。

コートの上から銃があることを確かめ、クレイトンは足音を忍ばせながら不審者のあとを追った。

家の角で立ち止まってそっと覗くと、その人物はピッキング用の道具を使ってキッチンのドアをこじ開けようとしているところだった。

「警察だ。手を上げろ」

銃を構えて命じると、不審者が驚いたように振り返った。

眼鏡をかけた、雪都と同世代くらいの若い男だ。中肉中背で、細長い顔に薄い髭《ひげ》がまばらに生えている。

「えっ？　いやちょっと待って」

「武器を捨てて、両手を頭の後ろへ」

「待って待って、武器なんか持ってないよ！」

男がピッキング用の道具を足元に落とし、顔の前で両手をばたばた振る。

「動くな。両手を後ろへ」

「わかった、わかったからっ！」

ようやく男が言われた通り両手を後ろにまわしたので、クレイトンはポケットから手錠を出して男の手首にかけた。

「不法侵入で逮捕する。あなたには黙秘権があり、発言は法廷で不利な証拠として用いられる場合がある。弁護士の立ち会いを求める権利があり、経済的な余裕がなければ公選弁護人をつけてもらう権利がある」

淡々とミランダ警告を述べて、クレイトンは男の正面に立って見下ろした。

「名前は？」

「オースティン……オースティン・ウォズニアック」

おどおどと視線を左右に揺らしながら、男が上擦った声で答える。

「家に忍び込もうとした理由は？」

「えっと、ちょっと前にこの家で殺人事件があったじゃん？　僕は事件現場とか殺人犯の家とかの動画を配信してて、それでこの家も撮影しようと思って」

「迷惑系ユーチューバーか」

クレイトンが顔をしかめると、オースティンが「ま、そんな感じ」と肩をすくめた。

見た目やしゃべり方がいかにもオタクっぽい感じだし、本人の言う通り事件現場を撮りたかっただけなのかもしれない。けれど事件に関わっている可能性もゼロではないので、きっちり

身元は調べておかなくては。

オースティンを車の後部座席に押し込んでシートベルトでしっかり固定し、クレイトンはシムズに電話をかけた。

「ガードナーです。先ほど自宅に戻ってみたところ、不審な男が裏口から侵入しようとしていたので現行犯逮捕しました。事件現場の動画を撮りたかっただけだと言ってますが、念のため今からそちらへ連れて行きます」

『了解です』

運転席に乗り込んで、クレイトンはため息をついた。バックミラーをちらりと見やると、オースティンと視線がぶつかる。

「マジで警察に連れてくの？　参ったな」

オースティンのぼやきを無視して、クレイトンは車を発進させた。

「それで、あの家の殺人事件の犯人は捕まったの？」

しばらく走ったところでオースティンが興味津々といった様子で身を乗り出そうとしたので、低い声で「動くな」と命じる。

「ニュースで見たんだけどさ、被害者のトレント・ペリーって昔の宝石強盗犯だったんでしょ？　やっぱり仲間割れとかそういう感じ？」

「ノーコメントだ」

素っ気なく言い放つと、オースティンはにやにや笑いながらシートにもたれた。

「実は僕、結構いろいろ知ってるんだよね。つい最近、森林公園で遺体が見つかったでしょ。報道ではまだ名前が出てないけど、あれってトレントの強盗仲間だったルーベン・グローヴじゃない？」

「…………」

ウィンカーを出して、クレイトンは道の端に車を寄せた。サイドブレーキを引いてから、シートベルトを外して後部座席のほうへ振り返る。

「ルーベンを知ってるのか？」

「知ってるよ。隣に住んでるからね」

さらっと告げられた事実に驚いたが、それを顔に出すほど迂闊《うかつ》ではない。

クレイトンの反応を窺うように、オースティンが上目遣いで続けた。

「最近見かけないなって思ってたら、警察が聞き込みに来てさ。十一日の夜十時前後に銃声を聞かなかったか？　ってね。それでピンと来たんだ。森林公園で銃殺された遺体が見つかったってニュース、あれはルーベンだったんだって」

肯定も否定もせずに、クレイトンは「銃声は聞いたのか？」と尋ねた。

「何も聞いてないって答えたよ。ルーベンはやばい奴《やつ》だったから、殺した奴も当然やばいでしょ。巻き込まれたり逆恨みされたりしたくないもん」

「実際のところはどうなんだ」

「今それ言っちゃうとピンチのときに使えなくなるじゃん。大事な切り札はとっとかないと。ほら、司法取引とかで情報提供すると免責されるんでしょ」

軽薄な物言いに、クレイトンは苦笑しながら運転席から下りた。後部座席のドアを開けて、とびきりの作り笑いを浮かべてオースティンを見下ろす。

「わかってないようだな。今がそのピンチじゃないのか?」

「そうかな? こう言っちゃなんだけど、たかが不法侵入でしょ?」

「現役のＦＢＩ捜査官の自宅に押し入ろうとしたんだ。かなりまずい事態だってことはわかるよな?」

満面の笑みで告げると、オースティンの顔から血の気が引いていくのがわかった。

「わかった、わかったよ、ちゃんと話す。弁護士同席で、だけど」

「それがいい。じゃあ行こうか」

後部座席のドアを閉めて運転席に戻り、クレイトンはやれやれとため息をついた。

◇◇◇

「そんなことがあったんですか……しかもルーベンの隣に住んでる人だったなんて」

——時刻はまもなく午前零時。風呂上がりのバスローブ姿のクレイトンの隣に座り、自宅に侵入しようとしていた不審者を捕まえた話に雪都は目を丸くした。

「ああ、困った輩《やから》だよ。隣人が殺されたらしいと知って、元強盗仲間のトレントが殺された件と何か関係があるんじゃないかと嗅ぎまわってたみたいだ。事件現場の配信だけじゃなく、未解決事件を推理するブログもやってるとかで」

「それで、その彼は銃声を聞いたんですか？」

クレイトンがこくりと頷く。

「まさに死亡推定時刻のど真ん中、十一日の午後十時、はっきり銃声を聞いたそうだ」

「犯人も見たんですか？」

「驚いて窓から外を見て、ルーベンの家の裏庭にふたつの人影が見えたと言っている。その後ふたりはビニールシートのようなものでくるまれた荷物を車に運び入れた。車は暗がりに停めてあってよく見えなかったそうだが」

「ふたり組……」

「ひとりは男性、もうひとりは小柄でほっそりした女性だったらしい。オースティンいわく、三ヶ月ほど前からルーベンの家にちょくちょく出入りしているカップルがいて、ルーベンが殺された夜に裏庭にいた男女もそのカップルのように見えた、と」

「ということは……ペイジと彼氏が犯人？」

「ああ。ペイジの写真を見せたらこの女性に間違いないと言ったので、シムズとベネットが逮捕に向かった。男のほうもオースティンが覚えていた特徴から人相書きを作って、黒っぽいステーションワゴンの所有者の中に似た顔がいないか検索中だ」

「ついに解決ですね」

力なくソファにもたれ、雪都は宙を見上げた。

事件が解決するのは喜ばしいことのはずなのに、なぜか嬉しいとかほっとした気持ちが湧いてこなかった。解決しても亡くなった人は生き返らないし、雪都の心の傷も完全に消える日が来るのかどうかわからない。

「そういえば盗まれた宝石の件はどうなったんです?」

ふと思い出して尋ねると、クレイトンは首を横に振った。

「警察はペイジと共犯が持ち出したと見てる。ルーベンの自宅、ペイジの自宅と職場からは見つからなかったが、まあすぐに見つかるような場所には隠さないだろう。あるいは、とっくに換金済みかも」

「そうなんだ……」

「あとはもう警察に任せて大丈夫だろう。俺たちは新居探しを始めないとな」

「そうですね。なるべく早く、第二、第三候補の物件の下見に行きたいですね」

「きみは明日は支援センターの仕事ないんだっけ? もし俺が早く上がれそうだったら、待ち合わせして一緒に見に行かないか？」

「いいですね。あ、それと僕も一度自宅に戻りたいです。着替えも必要だし、図書館で借りてる本が返却期限を過ぎてるので」

「決まりだ。明日は何ごともなく定時で上がれるよう祈っておこう」

クレイトンの腕に抱き寄せられて、触れ合った肌から伝わる熱でじんわりと心が温まっていく。

ようやく雪都は、平和な日常生活を取り戻せる安堵感《あんどかん》に身を委ねることができた。

2月14日

『ペイジは完全に黙秘してますが、家宅捜索で泥のついたブーツを押収しました。今鑑識が泥の分析をしているところです。それと、コートに付着していたビニール繊維も』

――FBI本部ビルのオフィス。目下捜査中の案件についての資料を目で追いつつ、クレイトンはシムズ警部補からの電話に耳を傾けていた。

「あとは相方の男ですね。何かわかりましたか?」

『暗色のステーションワゴンの所有者の中でモンタージュに似た男を調査中です。それとは別に、モンタージュを見たうちの署員が気づいたんですが、以前銃の密売組織を摘発した際に捜査線に浮上した男に酷似してましてね。腕に入れたタトゥの図柄が、オースティンの目撃証言とまったく同じなんです』

銃の密売組織と聞いて、クレイトンは資料をめくる手を止めた。

ルーベンを撃った銃は登録されていない不正規品だった。銃の売人なら、闇ルートの銃を簡単に入手できるだろう。

「車はどうにでもなりますから、あまりこだわらないほうがいいかもしれませんね」

『ええ、その男も短期間で次々乗り換えてますし。出頭を命じて、今取り調べ室で事情を訊《き》いているところです』

有力な容疑者が見つかってほっとしつつも、容疑者となった根拠に少々不安もある。

「あのユーチューバーは信用できますかね？」

気になっていたことを尋ねると、シムズが電話の向こうでため息をついた。

『逮捕歴が二回ありました。いずれも私有地への不法侵入です。大学在学中に事件現場の動画配信を始めて、そこそこ人気になったので大学を中退して配信業に専念、けど似たような動画はたくさんあるのでここ一、二年は低迷しているようです。あと、ブログのほうで名誉毀損や記事の盗用で数件訴えられて裁判にもなってます』

「証人としてかなり問題ありですね」

『そうなんです。なので物的証拠がないと、立件は難しいかと』

「ブーツの泥とビニール繊維に期待しましょう」

電話を切って、クレイトンはパソコンに向き直った。検索窓にオースティン・ウォズニアックの名前と事件現場、未解決事件などのキーワードを組み合わせて絞り込んでいく。

オースティンの動画配信チャンネルはすぐに見つかった。〝探偵オースティン〟というアカウント名で二百本以上の動画をアップしており、ここ数ヶ月の動画の視聴回数は十万前後。

とりあえず一ヶ月前にアップされた最新の動画をクリックしてみる。派手なアニメーションのオープニング動画に続いて、野球帽を被《かぶ》ったオースティンが地図を手に田舎道を歩く姿が映し出された。

『やあみんな、探偵オースティンのチャンネルにようこそ！　今日も事件の現場を訪ねる予定なんだけど、まずは事件についての説明をしておこう』

オースティンが紹介しているのは、ケンタッキー州で起きた連続殺人事件だった。一年ほど前の事件なのでクレイトンもよく覚えている。

早口で事件の概要をまくし立てながら、オースティンが前方に見えてきた古い一軒家に近づいていく。

スタッフがいるわけではなく、撮影もオースティンがひとりでこなしているようだ。歩きながらの撮影はカメラのぶれがひどくて、クレイトンは動画を一時停止した。

視聴者からのコメントを見ると、好意的な内容よりも批判的なものが多かった。わざと視聴者の怒りを買うように仕向けて再生回数を伸ばそうとする輩《やから》も多いので、批判が多いのは計算ずくかもしれないが。

シムズがため息をついていた理由がよくわかる。これは裁判で弁護人から徹底的につつかれるタイプの証人だ。

再び動画を再生して流し見していると、オフィスに入ってきたジャレルに手招きされた。

「ハワイから詐欺師がご到着だ。取り調べを始めるぞ」

「予定よりずいぶん早いですね」

「道が渋滞してなかったんだろ」

ジャレルが空を指さしながら肩をすくめる。

パソコンの電源をスリープにして、クレイトンは大股でジャレルのあとを追った。

◇◇◇

——クレイトンが取り調べ室に入ったちょうどその頃。

授業を終えて教室をあとにした雪都《ゆきと》は、バッグの中のスマホが小さく震えたことに気づいた。

大学図書館からのメールだ。借りている本の返却期限が過ぎていること、貸し出しの予約が入っているため、早急に返却すること。

自動送信の定型文だが、これまで督促メールを受け取ったことがない雪都はひどく責められているような気分になって項垂《うなだ》れた。雪都も借りたい本があるのに前の人がなかなか返却してくれなくて困ったことがあるので、これはただちに返却せねばなるまい。

（クレイトン、定時で上がれそうかな）

アパートの下見は今日でなくてもいいが、自宅には立ち寄りたい。

廊下の隅でクレイトンにメールを送信し、雪都は急ぎ足で駐車場へ向かった。車に乗り込んだところで、クレイトンからの着信音が鳴り響く。

「もしもし?」

『やあ雪都。メール読んだんだけど、定時で上がれそうにないんだ。帰りも何時になるかわからない』

「了解です。下見はまた今度ってことで、今からちょっと家に行ってきますね」

雪都の言葉に、クレイトンが『えっ?』と驚いたように声を上げた。

『ひとりで行くのはだめだ。昨日不審者が現れたばかりじゃないか』

「ええ……でもまだ明るいですし、その不審者もあなたが捕まえたからもう来ないでしょう?」

『オースティンなんとかは来ないだろうが、まだ犯人が捕まってない』

「グレン・ペリーもペイジも勾留中ですよね?」

『まあそうなんだが……』

言いよどんだあとに、クレイトンが声を潜めた。

『まだオフレコだが、有力な容疑者を取り調べ中だ。オースティンの目撃証言と特徴が一致している』

「その人が犯人で間違いなさそうですか?」

『……おそらく』

クレイトンにしては珍しく歯切れの悪い口調だったが、確実な証拠が出るまで断言したくないのだろう。

「約束します。本を取ってくるだけで長居はしません」

雪都が言い終わらないうちに、クレイトンが『それでも心配だよ』と遮った。

『本は明日の朝いちばんに一緒に取りにいこう。それでも遅くないだろう？』

「まあそうなんですけど……僕もそろそろこの事件から卒業したいんです。いつまでもびくびく怯《おび》えていたくないし、あなたに頼ってばかりだと乗り越えられない気がして」

『…………』

電話の向こうでクレイトンが黙り込む。

これはいい兆候だ。本当は反対だけど、雪都の意思を尊重しなくてはと考えているときのクレイトンの癖――眉根を寄せて宙を見上げているさまが目に浮かぶ。

『わかった。本を取りに行くだけだぞ？　少しでも異変を感じたら、すぐに家から出て俺に電話すること』

「了解です。何か持ってきてほしい物、あります？」

『俺のはいいよ。あちこち探しまわると時間がかかるし』

クレイトンの声に、なおも心配で仕方ない、やはり止めるべきだろうかという迷いがにじみ始めている。

クレイトンの気持ちが変わらないうちに電話を終わらせることにして、雪都は「それじゃ、お仕事頑張ってくださいね」と会話を締めくくった。


夕暮れの空が鮮やかな茜色《あかねいろ》に染まっている。

いっこうに進まない渋滞にため息をつきつつ、雪都は久しぶりに来た道を懐かしい思いで眺めた。

それにしてもやけに混んでいる。単なる渋滞ではなく、事故でもあったのかもしれない。

雪都の懸念通り、少し先の交差点にパトカーが停《と》まり、警察官が交通整理をしていた。乗用車とトラックがぶつかったらしく、ドイツ製の高級車の後部が痛々しくへこんでいる。

事故に遭った人の無事を祈りつつ、雪都は警官の指示に従って交差点を直進した。

(事故現場を見たの、ものすごく久しぶりだな……)

悪い予兆のような気がして引き返そうかと思ったが、ここまで来たら家は目と鼻の先だ。迷信じみた考えを振り払い、我が家を目指す。

閑静な住宅街の通りに入ると、雪都は速度を緩めた。渋滞で予定より到着が遅くなってしまったので、家々には明かりが点《とも》り、空は夕方の色から夜の色へと変化していた。

家が近づいてくるにつれ、不安が増していく。クレイトンにはああ言ったが、もしかしたらひとりで家に戻るのはまだ早かったのではないか。

（……いや、僕はあれこれ考えすぎなんだ。ちょっと本を取りに寄るだけなのに、一大イベントみたいに身構えてるし）

家の前に車を停めてエンジンを切り、気持ちを落ち着かせようと深呼吸する。

午後六時をまわり、夜の帳《とばり》が降り始めた住宅街は静まり返っていた。両隣の住人はまだ帰宅していないようだが、向かいのマクビール夫人の家はいつものように温かな明かりに彩られている。

見慣れた光景に勇気づけられて、雪都は車から降り立った。とたんに冷たい風が吹きつけてきて、しゃんとしろと叱咤《しった》されているような気分になる。

（大丈夫、犯人はもう捕まったんだから）

クレイトンはまだ完全に安心していないようだが、それは先々の裁判などを含めてのことだろう。クレイトンがよく口にしている、〝誰がどう見てもたったひとつの解釈しかできない証拠〟がないと、やり手の弁護士に何もかもひっくり返されることがあるのだ。

歩道を横切り、玄関に続く私道へ進む。玄関のドアを開ける前に裏口を確かめたくなり、雪都は家に沿ってゆっくりと裏へまわった。

裏庭も裏口も、何も異変はなかった。

裏口の鍵も持っているのだが、キッチンを通り抜ける心の準備はまだできていないので、もう一度正面へまわる。

玄関の鍵を開け、雪都はいつもの癖で「ただいま」と声を出した。

手探りで壁のスイッチを押して明かりをつける。

小さなエントランスホール、続きの客間……かすかに愛用のアロマキャンドルの香りが漂っており、我が家に帰ってきたときの安堵感《あんどかん》がよみがえる。

ドアを閉めて鍵をかけ、雪都は胸に手を当ててしばしその場に立ち尽くした。

——大丈夫、なんともない。

多少床に靴跡がついていたりラグの位置がずれたりしているが、これは警察が出入りしたせいだ。床に規制テープの切れ端が落ちているのを横目で見ながら、階段を一段一段踏みしめるようにして二階へ上る。

開いたままのドアからベッドルームをちらりと覗《のぞ》き、自分の書斎へ向かう。デスクの端に置いてあった本を手に取って、雪都はひとまずほっと胸を撫《な》で下ろした。

これで用事は済んだ。着替えを選ぶと時間がかかりそうなので、書斎の椅子に掛けてあったカーディガンだけ持って帰ることにして、丸めてトートバッグに突っ込んで部屋をあとにする。

階段を駆け下りて家から出ようとし、ふと雪都は足を止めた。客間のマントルピースの上のアロマキャンドルに目をやり、これも持って帰ることにする。

ガラス瓶の中で半分ほどになったアロマキャンドルは、ジュリアンがプレゼントしてくれたものだ。ヒノキをベースにした香りは森の中にいる気分になれて、リラックスタイムに欠かせないアイテムだ。

（こないだ観た映画に、アロマキャンドルの中に大事な指輪を埋め込んで隠すエピソードがあったな）

数日前、ホテルでクレイトンの帰りを待ちながら観た映画を思い出す。子供の頃読んだ推理小説にも固形石鹼《せっけん》の中に指輪を隠すエピソードがあり、そういう発想がなかった雪都は大いに感心させられたものだ。

（それにしても、買った家に盗まれた宝石が隠されてたなんて）

手にしたアロマキャンドルをマントルピースの上に戻して、雪都は振り返って部屋を見まわした。

アストンの事件、島のリゾートホテルの事件――日本には〝二度あることは三度ある〟という諺《ことわざ》があるらしいが、まさか人生で三度も殺人事件に遭遇してしまうとは思いもしなかった。

（そういえば、床板が剝がされてたのって地下室のどの辺なんだろう）

気づくと雪都の足は地下への階段へと向かっていった。

宝石が隠してあった場所を見ておきたい。余計なことはせずに本を持ってさっさと家を出るべきなのはわかっているが、好奇心には逆らえなかった。

家に入る前はびくびくして不安が拭えなかったのに、いざ入ってしまったらなぜあんなに怯えていたのか不思議なくらい、平常心を保てている。

自分はもう大丈夫だ。帰りにちょこっとキッチンに寄って、ストックしてある食品を持って帰ることもできるくらいに。

（ちょっとだけ……ちょっと点検するだけ）

家の中を歩きまわることで、自分があの記憶に打ち勝ったことを実感したいのかもしれない。手すりにつかまって、ゆっくり踏みしめるように階段を下りていく。

地下室は、クレイトンから聞いていた通りかなり散らかっていた。これを片付けるときのことを思う気が滅入ってくる。

「ここに隠してあったんだ」

部屋の隅、肘掛け椅子が置かれていた場所の床板が一メートル四方ほど外され、床下の配管が露《あら》わになっている。

しばし立ち尽くして床下を見つめるが、ここに宝石が隠してあったという事実は雪都にさほど感銘を与えなかった。

映画やドラマならドラマティックなエピソードとして描かれるのだろうが、現実にはこれのせいでふたりも殺されたわけで、忌まわしく不吉な印象しかない。

ぽっかりと開いた床下の穴から視線を逸《そ》らし、雪都は踵《きびす》を返した。

そろそろ帰ろうと階段へ向かう。そのとき雪都は、壁際のアップライトピアノの位置がほんの少しずれていることに気づいた。

警察が捜査したときに動かしたのだろうか。

黒光りするピアノに近づいて、雪都は蓋の上にうっすら積もった埃《ほこり》を見下ろした。誰かが動かそうとしたらしく、蓋の端に手形がいくつか残っている。

「――っ！」

ふいに首筋に冷たい風が当たり、驚いて雪都は振り返った。

地下室には天井に近い位置に換気用の窓がふたつあり、そのうちのひとつが一センチほど開いていた。

現場検証をした警察官がうっかり閉め忘れていったのだろうか。防犯用に外側に鉄格子がついているとはいえ、開けっ放しはいくら何でも不用心だ。

窓を閉めようと近づいた雪都は、違和感を覚えて眉根を寄せた。

――鉄格子がない。

いったいどういうことか、すぐにはピンと来なかった。数秒後、誰かが鉄格子を外して窓から侵入した可能性に思い当たり、全身から血の気が引いていく。

早くここから立ち去って、クレイトンに電話しなくては。

急いで階段を上がろうとしたそのとき、階上から物音が聞こえた気がしてぎくりとする。

家の中に誰かがいる——多分一階だ。

侵入者と鉢合わせするリスクを冒すより、侵入者が出て行くのを待ったほうがいい。

(どこか隠れる場所……)

足音を忍ばせて、雪都は地下室の奥のバスルームへ向かった。そっとドアノブをまわしてドアを開けようとし、ドアに鍵がかかっていることに気づいてあとずさる。

階上ではない。バスルームに侵入者が潜んでいる——。

一刻も早く逃げるべきなのはわかっていたが、恐怖で体が凍りついて、雪都はその場に棒立ちになった。

まるで悪い夢を見ているようだった。見慣れたバスルームのドアが、古いモノクロ映画のワンシーンのようにぼやけていく。

スローモーションのように内側からドアが開いて、見知らぬ男と目が合い……。

悲鳴を上げようとしたその瞬間、雪都の意識はぷつんと途切れた——。

◇◇◇

雪都が渋滞にはまっていた同じ頃、詐欺師の取り調べを終えたクレイトンは、廊下に出ると真っ先にスマホをチェックした。

雪都から電話やメールは来ていない。連絡がないということは、特に問題なく無事に家に着いて用事を済ませたのだろうか。

心配しすぎなのはわかっているが、取り調べの間もずっと気になって、やはりひとりで行かせるべきではなかったと後悔した。あまりあれこれ口を出すと雪都に鬱陶しがられそうで、保護者ぶった言動はなるべく控えるように努力しているのだが……。

「お疲れさん。俺は例の収賄容疑の件で検事に会いに行ってくる」

「了解です」

取り調べ室の前でジャレルと別れ、クレイトンは休憩室でコーヒーを淹《い》れてからオフィスに戻った。

パソコンを起《た》ち上げると、先ほど途中まで見ていたオースティンの動画が現れた。ブラウザのバックボタンを押そうとし、ふと関連動画のサムネイルが目の端に入って手を止める。

オースティンがこれまでにアップした動画の一覧を画面に表示し、クレイトンはサムネイルを目で追った。

どのサムネイルも、大袈裟《おおげさ》な表情のオースティンにおどろおどろしいフォントを使ったキャッチフレーズが添えられている。その中のひとつ、三ヶ月前にアップされた動画のサムネイルに、オースティンが車の運転席でハンドルを握っている姿があった。

動画をクリックして再生する。バージニア州の殺人事件現場を訪れる動画は、車で国道を走りながらオースティンがしゃべっているシーンから始まった。

ダッシュボードにカメラを固定しているらしく、映像には運転席のオースティンと窓の向こうの景色しか映っていない。早送りして、クレイトンはオースティンが車から降りるシーンを探した。

『さあ着いた。あそこに見える白い家が、おぞましい惨劇の舞台だよー！』

セリフの内容と裏腹に、オースティンは浮かれた様子ではしゃいでいる。

別に驚くようなことではない。事件現場に群がる野次馬にも、似たような輩はごまんといる。視聴者向けにオーバーな演技をしている部分もあるのかもしれないが、それでもオースティンの態度はクレイトンになんとも言えない不快感をもたらした。

『じゃあ行ってみようか。床の血溜《ちだ》まりが残ってるといいんだけどね』

自撮りしながら、オースティンが白い家へ向かって歩き始める。

『おっと、忘れ物だ。ちょっと待って』

くるりと踵を返してオースティンが車に駆け寄り、画面にオースティンが乗ってきた車が映り込んだ。

——黒いステーションワゴン。

がたんと音を立てて、クレイトンは勢いよく立ち上がった。

スマホを摑《つか》んで雪都に電話をかける。コール音を聞きながら、クレイトンはオースティンがこの事件に関わっていることになぜ気づかなかったのだろうと歯嚙《はが》みした。

「頼む、出てくれ！」

オフィス内をうろうろ歩きまわりながらくり返すが、コール音は留守電に切り替わってしまった。

「雪都、もう家から出たか？　これを聞いたらすぐに電話してくれ」

続けてシムズ警部補に電話をかけながら、クレイトンはコートを摑んでオフィスを飛び出した。

犯人は現場に戻る――家に侵入しようとしたオースティンを、自分はもっと疑ってかかるべきだった。

オタクっぽい見た目と言動に惑わされてペイジの逢瀬《おうせ》の相手である可能性を無意識に排除していたが、そういう思い込みがいちばんまずい。

『もしもし？』

「シムズ警部補、オースティンが黒いステーションワゴンの持ち主です」

『なんですって？　あのユーチューバーがペイジの相手？』

「間違いないと思います。奴《やつ》は自分に容疑が向かないように、男の目撃証言を捏造《ねつぞう》した。いや、実在する銃の売人に濡《ぬ》れ衣《ぎぬ》を着せたんだ。人相やタトゥの模様を詳しく知っていたので顔見知りでしょう。おそらくこの男から銃を買い、思ったより早く遺体が発見されてしまったので急遽《きゅうきょ》容疑者に仕立て上げた」

『すぐにオースティンの家へ向かいます』

「それと、至急応援を寄越してもらえますか？　雪都が家に戻ってるんです」

『了解、ただちに』

電話を切って駐車場に駆け込む。走りながら雪都から着信がなかったか確認するが、履歴に愛《いと》しい伴侶の名前はなかった。

（雪都、どうか無事でいてくれ……！）

焦燥感に駆られて爆発しそうだった。けれどこういうときこそ、冷静さを保たなくては。

車に乗り込んだクレイトンは、大きく息を吸い込みながらエンジンのスタートボタンを押した。

◇◇◇

――何かを叩《たた》く規則的な音が、くぐもったように鼓膜に響いてくる。

猛烈な頭痛に顔をしかめながら、雪都は重い瞼《まぶた》を持ち上げようと努力した。

（……なんでこんなに痛いんだろう）

頭だけでなく、体全体が重苦しい倦怠感《けんたいかん》にまとわりつかれている。

ようやく半分ほど目が開いたが、ここがどこなのか、いつからここにいるのか、何も思い出せなくて雪都はぼんやりと視線をさまよわせた。

（うちの地下室……？）

視界に入っている床板とラグで自宅の地下室であることはわかったが、なぜ体が動かないのかわからない。

腕を動かそうとして、自分が椅子に縛り付けられていることに気づいてぎょっとした。

（そうだ、地下室にいるときに階上で物音がして……）

バスルームに隠れようとドアを開けると……いや、ドアは開かなかった。鍵がかかっていたのだ。一階で物音がしたような気がしたが、実は地下のバスルームに隠れていた侵入者が立てた物音だったのかもしれない。

とにかく最悪の形で侵入者と鉢合わせしてしまい、殴られたのか薬でも打たれたのかわからないが、雪都は気を失ってしまった。

次第に音がクリアになってきて、薪《まき》を割っているような音だと気づく。

（薪割り？　家の中で？）

どうにか首を動かして音のするほうへ視線を向けると、野球帽を被った男性がピアノに斧《おの》を振り下ろしているところだった。

ひどく奇妙で、非現実的な光景だ。

けれどずきずき痛む頭では何がどうおかしいのかわからなくて、男がピアノを叩き割る姿をぼんやりと見つめる。

(誰だろう……この人がペイジとつき合ってたっていう銃の売人?)

銃の売人というと屈強でいかにもギャングっぽい見た目というイメージを持っていたが、男はごく普通の、その辺にいる若者という印象だった。

さほど大柄ではなく、筋肉隆々というわけでもない。フランネルのシャツにジーンズ、眼鏡をかけた細長い顔立ちは、どちらかというとインテリっぽく見える。

何やら悪態をつきながら作業の手を止めた男と目が合い、雪都はぎくりとした。

「おやおや、目が覚めたみたいだね」

にやにや笑いながら、男が斧を手に近づいてくる。

「いやーほんと、運が悪かったよね。きみもここの住人かな?」

男の質問に答えようとして、雪都は猿ぐつわを嵌《は》められていることに気づいた。

「ここの住人のイケメンに会ったよ。こっそり侵入しようとしたら捕まっちゃってさ。あとで知ったんだけど、あの彼FBIの捜査官なんだってね」

そのセリフで、雪都はこの男が何者か理解した。オースティン・ウォズニアック——クレイ

トンが迷惑系ユーチューバーと言っていた男性だ。

(どうしてこの人が? この家にまだ宝石があると思って探しに来たの?)

ひょっとして、これも動画のための企画なのだろうか。カメラで撮られているのかもしれないと思い、雪都は視線を動かして辺りを見まわした。

雪都の考えを読み取ったかのように、オースティンが「撮影はしてないよ」と笑う。

「てゆうか、動画配信業はもうおしまい。宝石を手に入れたらカリブ諸島かどっかに行って優雅に暮らすんだ」

オースティンの言葉に、雪都は目をぱちくりさせた。

彼はこの事件をどこまで知っていて、どこまで関わっているのだろう。

「もしかしてまだわかってない? 僕がルーベンを殺したんだよ」

「………」

目を見開いて、雪都はオースティンの顔をまじまじと見つめた。

冗談を言っているのだろうか。人懐こそうな雰囲気やオタクっぽい口調の彼は、雪都がイメージする冷酷な殺人者とまったく結びつかなかった。

「っ!」

ふいに目の前に斧を突きつけられ、思わず目を閉じる。

「ほんとにわかってないみたいだね。ま、きみに説明する義理ないし、僕も忙しいからさ」

雪都の反応をおかしそうに笑って、オースティンは再びピアノに斧を振り下ろした。

「このピアノ、最初は壊すつもりじゃなかったんだ。下に敷いてあるラグを引っ張れば動かせると思ってたんだけど、思ってた以上に重くてさあ。きみに手伝わせようかと思ったけど、見た感じ力仕事に向いてなさそうだし。だったらピアノを壊しちゃったほうが手っ取り早いかなって思って」

ぺらぺらしゃべりながら、オースティンはピアノの破片を足で蹴り飛ばした。三分の二ほど壊したところで、ラグを引っ張ってピアノの残骸を移動させる。

「さーて、いよいよ床板を剝がすよ。いやあ、ここまでほんと長かった。数ヶ月前に隣にルーベンが引っ越してきて、やばそうな奴だから最初は敬遠してたんだけど、十二年前の宝石強盗事件の一味だったって知って近づいたんだ。事件当時僕は十五歳で、あの事件のことはよく覚えてる。盗まれた宝石は見つからなくて、奴らが出所してから隠し場所に取りに行くんだろうなって」

元来おしゃべりな質《たち》なのか、オースティンは作業をしながら話を続けた。

「ルーベンはわりとすぐ僕に気を許したよ。奴に気に入られるように、僕も頑張ってワルのふりしたからね。主犯のトレントが出所したら分け前を寄越すように脅しに行くつもりだって聞いて、協力を申し出たんだ。そうそう、トレントの出所を知ってペイジもアトランティックシティから引っ越してきた。自分にも宝石を受け取る権利があるって、ルーベンの家に押しかけてきてさ。これはちょっと予想外だったんだけど、三人で計画を練ってるうちにペイジが僕に気があることに気づいたんだ。正直僕のタイプじゃないけど、これは利用できるかもって思ってつき合うことにして」

斧の刃が床板に食い込んで動かなくなり、オースティンが悪態をつきながら斧の柄を蹴飛ばす。陽気なしゃべり方と正反対の罵声に、雪都は言い知れない恐怖を感じた。

「で、トレントの出所後に僕とルーベン、ペイジの三人でトレントを見張って、この家が隠し場所らしいって把握した。トレントはなかなか利口だね。隠し場所の床の上にピアノが乗っかってるのを見て、しばらくの間住人を遠ざけておく必要があると判断して窓ガラスを叩き割ってったんだから」

ようやく床板から斧の刃が外れて、再びオースティンが床の破壊に取りかかる。

「いよいよトレントが宝石を取り出しに侵入したとき、僕たちもこっそり中に忍び込んだんだ。だけどルーベンの気の短さには参ったね。トレントが床下から金庫を取り出すなり襲いかかってさ。あいつほんと馬鹿だよ。あーこれはまずいなって思って僕は止めようとしたんだけど、トレントとルーベンは地下で取っ組み合いの喧嘩《けんか》になって、ルーベンは逃げようとしたトレントを追いかけた。頭に血が上ったルーベンがフライパンを摑んでトレントの頭を殴って、あとはご存じの通り」

おどけた口調で言って、オースティンが振り返ってにやりと笑った。

「だけど誤算だったのは、奪った金庫の中に入ってたのは盗んだ宝飾品の一部だったってこと。しかもあんまり価値がないやつばっかでさ。準備した金庫に入りきらなかったのか保険をかけて分散させたのか、トレントは宝石をふたつに分けて隠したんだ。それがわかったのは、トレントから奪った金庫を苦労してこじ開けたあとだったよ。ルーベンが『肝心のダイヤのネックレスが入ってない』って言い出して、もうひとつ金庫があることがわかった。それがどこに隠してあるか、僕はすぐにピンと来たね。ルーベンが襲いかかる前、トレントはピアノを動かそうとしてたからさ。ピアノはいつ売り払われたり粗大ゴミに出されたりするかわかんない。だから僕はピアノの下の床か、壁の中だって確信した」

オースティンが作業を中断して床に腹這《はらば》いになり、床板に広げた穴を覗き込む。

「何もないじゃん！　じゃあ壁のほう？　うわ、めんどくさ。煉瓦《れんが》の壁って壊すの大変なんだよ。ああもう、電動ドリルかなんか持ってくるべきだったな」

はあっとため息をついて、オースティンは床にあぐらをかいた。ちらりと雪都のほうを見て、くすくす笑う。

「僕のこと、おしゃべりな奴だって思ってる？　そんなふうにぺらぺらしゃべっちゃったらまずいんじゃないの？って。大丈夫、きみは生きてここから出ることができないからね。宝石を見つけたら、きみを殺してこの穴に隠すんだ。まあすぐに見つかっちゃうだろうけど、僕が国外に高飛びするまでの時間を稼げたらそれでＯＫ。偽名のパスポートも用意してあるし、荷造りも終わらせてすぐに出発できるようにしてある」

　得意げに言って、オースティンが斧を手に立ち上がる。雪都がびくっと震えたのを面白そうに見下ろし、オースティンは煉瓦の壁に斧を振り下ろした。

「ついでだからルーベンを殺したときの話も聞かせてあげるよ。僕ってサービス精神旺盛だなあ。ほんとユーチューバーは天職だったね。実際、最初の一、二年は結構稼いだんだよ。だけど僕も若かったから、つい散財しちゃってさ。一時はマジでやばかった。やばい地域のやばいボロ家に住むしかないくらいにね。けどこれが案外よかったのかも。日々犯罪者を目の当たりにして、犯罪者の暮らしぶりとか考え方とか学べたからさ」

　なかなか崩れない壁に悪態をつきつつ、オースティンがおしゃべりと作業を続ける。

「おっと、話が脱線しちゃったね。ルーベンがトレントを殺したとき、僕は思ったんだ。こいつを生かしとくとまずい。絶対また余計なことして僕の足を引っ張るだろうって。だからルーベンを始末することにしてチャンスを窺《うかが》ってた。僕ひとりでこっそり殺《や》るつもりだったんだけど、間が悪いことにペイジが来やがって。ま、結果的には遺体を運ぶのを手伝ってもらえたからよかったんだけどさ」

　ようやく壁の一部が崩れて小さな穴が開き、オースティンが煉瓦の破片を払い落としていく。

　壁の中から宝石が出てきたら自分は殺される——。本来なら恐怖で凍りついているところだが、頭痛がひどくて雪都は朦朧《もうろう》としていた。

（なんだろう……何か薬を打たれた……？）

それとも、恐怖のあまり、自分を守るために心が現実逃避しようとしているのだろうか。

オースティンの話も聞こえてはいるのだが、だんだん内容が掴めなくなってきていた。まるで昼下がりの退屈な授業を聞いているときのように、猛烈な睡魔に襲われ――。

「ルーベンの遺体は春まで見つからないと思ってた。まったく、犯罪にはいろいろと誤算がつきものだね。警察が来たとき、ペイジはそこそこうまくやってのけたよ。僕のことを本名も知らない行きずりの相手ってことにしたし、とっさにトレントの胡散《うさん》臭い従兄《いとこ》の名前を出したりして、結構機転が利くよね。今も警察で黙秘してるはず。僕がそう教えたんだ。物的証拠は何もないから、黙っていれば切り抜けられるって」

再び壁を斧で叩き壊しながら、オースティンが声を立てて笑った。

「ペイジもびっくりするだろうなあ。僕が宝石を持ってトンズラしたって知ったらさ。一緒に逃げようって彼女のパスポートも用意して、愛してる、きみだけだって囁《ささや》いたらあっさり信じちゃった。結局ペイジも馬鹿な女だよ。……おおっ⁉」

突然オースティンが大きな声を出したので、びくっと体が硬直する。

のろのろと視線を動かすと、オースティンが壁の穴に手を突っ込んで何か引っ張り出そうとしているところだった。

「やった、ついに見つけたぞ！　これで人生をリセットだ！」

灰色の小型耐火金庫を手に、オースティンが小躍りする。オースティンが振るたびに金庫はガラガラと派手な音を立て、その音が痛む頭にやけに響いた。

「さーて、宝石も見つかったことだし、いよいよお別れの時間だね」

オースティンの言葉に、遠のきかけていた意識が戻ってきた。

（いっそのこと、このまま気を失ってたほうが楽だったのに……）

二十四年の短い人生が幕を下ろそうとしている。頭が朦朧としているせいであまり深く考えられないが、そのほうがかえってよかったかもしれない。

目を閉じ、雪都はこれまでの人生に思いを馳《は》せた。

真っ先に浮かび上がってきたのは、大好きなクレイトンの笑顔だった。

『おいで、雪都』

大きな手が雪都の手を包み込み、青い瞳が優しく見つめてくる。気恥ずかしくなって目をそらすと、広い胸に抱き寄せられ……。

（だめだ、まだ死ねない）

クレイトンと結ばれてからまだ二年と少ししか経《た》ってない。これから長い人生をともにすると約束したのに、こんな男のせいで台無しにされるなんて絶対にごめんだ。

目を開け、雪都は自分が置かれている状況を把握しようと視線を動かした。

木製の椅子の背に両手をまわされ、ロープで縛りつけられている。足首も椅子の脚に括《くく》りつけられているが、両足がしっかり床に着いているので縛られたままでも立ち上がれそうだ。

「きみを殺す手段はこれだよ。なんだかわかる？」

オースティンが注射器を掲げながら、にやりと笑う。

「銃で撃ったほうが手っ取り早いんだけど、この辺りの住人って僕のご近所さんと違って銃声が聞こえたらすぐに通報しちゃいそうだしね。これはルーベンの家にあったヘロイン。きみってドラッグなんか一度もやったことありませんって顔してるけど、そんなきみが薬物の過剰摂取で死んじゃうなんて、ほんと可哀想《かわいそう》に」

楽しそうに言いながら、オースティンが容器に入った液体を注射器に注入する。

オースティンの視線が逸れた隙に、雪都は両足をぐっと踏ん張って攻撃態勢を整えた。

「さーて、準備ができたよ」

注射器を持って、オースティンが近づいてくる。

ぐったりと項垂れているふりをしながら、雪都は歩み寄ってくるスニーカーを見てタイミングを計った。

（今だ……！）

渾身《こんしん》の力を込めて、椅子を背負ったまま立ち上がる。

上体をかがめて深くお辞儀するような体勢を取ると、オースティンが「うわ！」と叫んで尻餅をついたのがわかった。

「この野郎！　舐《な》めた真似《まね》しやがって！」

激高したオースティンが悪態をつきまくる。

立ち上がったオースティンに突き飛ばされて椅子ごと床に倒れ、雪都は歯を食いしばって悲鳴を噛み殺した。

命乞いをしてもオースティンには何も響かないし、かえって喜ばせるだけだ。一分一秒でも長く生き延びて、逃げ出す方法を考えなくては——。

「くそっ！　落ちちまったじゃねーか！」

先ほど開けた床の穴に注射器を落としてしまったらしい。罵声を浴びせながら雪都を睨《にら》みつけたオースティンが、やがて薄笑いを浮かべて立ち上がった。

「せっかく穏便な方法で殺してあげようと思ったのに、僕の心遣いを無駄にするなんてね。返り血を浴びちゃうからこれは使いたくなかったんだけど、きみが反抗的な態度を取るなら仕方ないね」

斧を手にしたオースティンが、雪都の顔の前で刃を振ってみせる。

ぎゅっと目を閉じたそのとき、耳にかすかな音が届いた。

誰かが足音を忍ばせながら、急ぎ足で階段を下りてきているような——。

「……っ!?」

薄目を開けると、オースティンの背後に人影が近づいているのが見えた。

床に倒れているので顔が見えないが、その人物は足音を立てないように靴を脱いでおり、靴下は見覚えのある深緑色で……。

「FBIだ。ゆっくり斧を床に置いて、手を上げろ」

クレイトンが、オースティンの後頭部に銃を突きつけながら押し殺した声で告げる。

オースティンが鬼のような形相で悪態をつきつつ、言われた通りにゆっくりとしゃがんで斧を床に置いた。

「オースティン・ウォズニアック、不法侵入及び殺人未遂で逮捕する。黙秘権があり、発言は不利な証拠になり得る。弁護士を雇うか、公選弁護人をつけることができる」

早口でまくし立て、クレイトンがオースティンに手錠をかける。

かちりというその音を聞いたとたん、雪都は気力も体力も尽きるのを感じた。

(だめだ……気を失う前にクレイトンにちゃんと言わなきゃ……)

会いたかった。愛してる。心配かけてごめんなさい。

他にも言いたいことがたくさんあるはずなのに、朦朧とした頭ではそれが限界だった。

「雪都！　大丈夫か？　怪我《けが》は？」

クレイトンに抱き起こされて、はっと目を覚ます。気がつくと、クレイトンの他にも警察官が何人か地下室を歩きまわっていた。

「……大丈夫です……ちょっと気を失ってたので、薬を盛られたかも……」

「オースティンがスタンガンを持っていたから多分それだろう。大丈夫、時間が経てば元に戻る」

クレイトンが励ますように手を握ってくれる。大きな手の温《ぬく》もりに、雪都はようやく助かったことを実感した。

「ええ……クレイトン、僕……」

「今は無理にしゃべらなくていい。もうすぐ救急車が来るから病院に行って診てもらおう。いいね?」

こくりと頷《うなず》いたあと、力を振り絞ってクレイトンの手を握り返す。

「…………できれば、一緒に、来てくださ……」

全部言い終わらないうちに、がばっと抱き締められて雪都は息を喘《あえ》がせた。

「当然だ。病院についていくし、回復するまで付き添うよ。きみが嫌がってもそばを離れないから」

力強いその言葉を聞いて、雪都は胸が熱くなるのを感じた。

生きてまたクレイトンと会うことができた——今更ながら安堵や喜び、狂おしいような切ないような感情が大きなうねりとなって込み上げてくる。

「雪都、もう大丈夫だ」

言葉にならなかったが、心の中に吹き荒れる感情が大粒の涙となって雪都の頰を伝った。

「……っ」

――目が覚めると、雪都はホテルのベッドの上に横たわっていた。

（いつのまにか眠っちゃった……）

あれほどひどかった頭痛が嘘《うそ》のように治まって、頭がすっきりしている。代わりに体の節々が痛んでいるが、ここ数週間の恐怖や不安から解き放たれたのでさほど気にならなかった。

「目が覚めた？」

低い声にやわらかく囁きかけられ、ゆっくりと顔を傾ける。

ベッドのそばの椅子にかけたクレイトンが、握っていた手に軽く力を込めて微笑《ほほえ》んだ。

「ええ……いつのまにか。救急車に乗ったことも、先生の診察を受けたこともちゃんと覚えてるんですけど」

幸い異常はなかった。気を失ったのはスタンガンのせいだが、医者によると体に流された電流よりも心因性のショックのほうが大きくて気絶してしまったらしい。

手首を縛られた際の擦過傷、椅子ごと倒れた際の打撲と打ち身、あれだけの目に遭ってその程度で済んだのは、本当に運が良かったと言えるだろう。

「ああ、医者に丁寧に礼を言ってたよ。だけど経過を見るためひと晩入院したらどうかという提案には頑《かたく》なに首を横に振って、大丈夫だから帰りますって」

「ええ、思い出しました。それで病院からあなたと一緒にタクシーで帰って……え、もしかして僕、タクシーで寝ちゃいました？」

クレイトンがくすくす笑って、雪都の手首の内側を軽くくすぐる。

「ああ、俺にもたれてぐっすり寝てた。ホテルに着いたとたんに急に起きて、自分で歩けますって言い張って」

「あー……思い出しました。正直に言うと、足が鉛みたいに重くて」

「だろうな。部屋にたどり着いたとたん、ベッドに倒れ込んでたから」

「もしかしてそのまま爆睡しちゃいました？」

「まあね。でも一時間も経ってないよ」

クレイトンが壁の時計を指さし、雪都は寝返りを打って時計を見上げた。

午後十時半、思っていたよりも早い時間で驚く。今日は雪都にとってとんでもなく長い一日で、オースティンと地下室で鉢合わせしたのは遠い昔のように感じていたのに。

「そうだ、事件はどうなったんです？　オースティンは逮捕されたんですよね？」

「もちろん、その場で取り押さえたよ。取り調べは警察に任せてるから、その後どうしてるか知らないけどな。グレンと銃の売人は殺人の容疑は晴れたけど、ふたりとも山のように悪事を働いてるからこの機会にいろいろつつかれるだろうね。ペイジはだんまりだったけど、オースティンの裏切りを知ったら全部しゃべるだろう」

「本当に終わったんですね……」

「ああ、終わった。地下室を滅茶苦茶にされたけどな」

クレイトンが大袈裟に目を見開いてみせるので、雪都はくすくすと笑った。

斧を突きつけられたときの恐怖と絶望感は悪夢となって当分の間雪都を悩ませるだろうが、こんなふうに笑えるならきっと大丈夫だ。

「そういえば宝石はどうなったんです？」

「壁の中に隠してあったふたつ目のやつ？　俺もまだ現物は見てないが、鑑識が持ち帰って解錠したら十二年前に盗まれたダイヤのネックレスが入ってたそうだ」

オースティンの読み通りだったというわけか。金庫を発見したときのオースティンのはしゃぎっぷりがよみがえりそうになり、嫌な記憶を速やかに追い払う。

「なんか信じられない……僕たちは何も知らずに高価な宝石が隠された地下室でくつろいでたんですね」

「そう、呑気《のんき》にピアノを弾いたり、おしゃべりしたり、ビリヤード台でセックスしたり」

じわっと頰が熱くなり、ごまかすように目を逸らす。

けれどクレイトンが見逃すはずもなく、ブランケットの上から大きな手がそろりと太腿《ふともも》を撫で下ろした。

「俺はシャワー浴びてくるけど、きみはこのまま寝る？」

「……僕もシャワー浴びたいです。あ、お医者さんはシャワー浴びていいかどうか、何か言ってました？」

クレイトンの手が、次第に雪都の脚を撫でる範囲を広げていく。時折指先が内股に触れるのは偶然か、それともわざとだろうか。

「一両日は安静に過ごすのが望ましいけれど、風呂に入るのは構わないそうだ」

「よかった。じゃあ僕もあとでシャワーします」

「ふむ、ちょっと提案なんだが」

雪都の内股に手を入れながら、クレイトンが笑いを含んだ声で切り出す。

「きみのことが心配でひとりにしたくないから、一緒に入ったほうがいいんじゃないかと思うんだ。幸いここのバスタブは大きくて、ふたりでゆったり入れるし」

「……っ」

内股の際どい部分をまさぐられ、雪都は息を呑《の》んだ。

一緒に風呂に入ろうという申し出は、これが初めてではない。家や旅行先で何度か一緒に入ったこともあるので、今更照れるようなことでもないのだが……。

「大丈夫、医者の言う通り安静に、ただ一緒にバスタブに浸《つ》かるだけだ」

「……ですね。それなら問題ないと思います」

「ああ、何も問題はない。湯を張って準備してくるよ」

思わせぶりな笑みを浮かべながら、クレイトンが立ち上がってバスルームへ向かう。

内股に残っている大きな手の感触に、雪都は小さく吐息を漏らした。


「ん……っ」

クレイトンの腕に抱かれて熱い口づけを交わしながら、雪都はバスタブの中で太腿を擦り寄せた。

濡れた肌が触れ合うたびに官能が高まっていく。高ぶっているのはクレイトンも同じで、先ほどから湯の中で雄々しくそそり立った男根が揺らめいていた。

（だめ……このままじゃ歯止めが利かなくなりそう……）

風呂に入る前はさすがに今夜はセックスなんて無理だと思っていたのに、汚れを洗い流して熱い湯に浸かっているうちに心も体もすっかり回復してしまった。

当然ながらクレイトンもそのことに気づいており、キスをしながら官能を煽《あお》るような手つきで体に触れてきている。

「雪都、今回のことで俺は学んだよ」

口腔内《こうこう》を舌で散々まさぐってから、クレイトンが耳元で囁く。

「俺はきみに関しては過保護だって自覚があるし、心配しすぎだってわかってるからなるべく口出ししないようにしてきた。だけどきみを危険に晒《さら》すくらいなら、俺は口うるさくてうざいパートナーになることを恐れない」

クレイトンの言葉に、雪都はふふっと小さく笑った。

「僕もたくさん学びました。自分を過信しないこと、もう大丈夫だと思っても最後の最後まで油断しないこと、それと、現役のＦＢＩ捜査官の意見には耳を傾けるべきだってこと」

「ああ、そうしてくれ。世の中危険がいっぱいだからな」

「ええ、特に僕たちは何度も事件に巻き込まれてるから……あっ」

大きな手に胸を撫で下ろされて、甘やかな声が漏れてしまう。硬い手のひらで乳首を転がされ、瞬く間に肉粒が凝《しこ》っていくのがわかった。

（あ……先走りが漏れちゃってる感じ……）

湯に浸かっているので出ているのかどうか曖昧だが、下半身に快感が押し寄せてきて射精が迫ってきているのは確かだ。

「擦り合わせるくらいだったら大丈夫そう？」

「え、ええ……」

おずおずと答えるが、体はもう充分その気になって刺激を待ちわびている。

というか、もう待ちきれない。早くクレイトンの硬く逞《たくま》しい屹立《きつりつ》を感じたくて、雪都は彼の首に手をまわして厚い胸板にしがみついた。

「あ……っ」

クレイトンに腰を抱きかかえられ、湯の中でふたつのペニスが触れ合う。

性器同士を擦り合わせる行為はしょっちゅうやっているが、バスタブの中でするのは初めてだ。

「クレイトン、今更だけど、お湯が汚れちゃう……っ」

「ああ、そうだな。俺は気にしないけど、気になるなら中止する？」

余裕たっぷりの口調で言って、クレイトンが太い茎を雪都の初々しいペニスに擦りつけてくる。

「んっ、あ、ああ……っ」

乳首をきゅっとつままれた瞬間、堪《こら》え性《しょう》のないペニスが絶頂を迎えた。

（あ……気持ちいい……）

湯の中で失禁したように精液を漏らしながら、雪都は無意識に逞しい男根に己のペニスを擦りつけていた。

クレイトンが低く呻《うめ》き、雪都の尻を摑んで性器を密着させる。

「雪都、俺も湯を汚しちまいそうだ」

「ん……っ、もう僕が汚しちゃったので、気にしないで……あ、あんっ」

クレイトンの力強い脈動を感じて、雪都はいったばかりのペニスが残滓《ざんし》を漏らすのを感じた。

クレイトンの腰遣いも次第に激しくなり、雪都のペニスに擦りつけるようにしてフィニッシュを迎える。

「あ……」

湯の中に濃厚な白濁が広がるさまに、雪都は頬を赤らめた。

射精して欲望は鎮まったはずなのに、体の芯には炎が燃え盛っていて……。

「……雪都、もう少しだけ続きをしないか？　バスタブで抱き合うのも悪くないけど、ちょっと不安定だ」

耳元で甘く囁かれ、雪都はびくびくと首をすくめた。掠《かす》れた声音から、クレイトンも欲望の炎を燻《くすぶ》らせているのがはっきりと伝わってくる。

「……ええ、そうですね」

「ベッドに行こう」

クレイトンに支えられてバスタブから出ると、濡れた体をふかふかのバスローブでくるまれた。

「自分で歩けます……っ」

抱き上げられて抗議するが、クレイトンはにやりと笑っただけだった。大股でベッドルームへ向かい、ダブルサイズのベッドの上にそっと雪都の体を横たえる。

「さて、第二ラウンドを始めるにあたって確認しておきたいんだが」

「な、なんでしょう」

覆い被さってきたクレイトンに首筋を舌でなぞられ、体がびくびくと反応してしまった。

いったばかりなのに早くも股間に熱が集まり始めている。そしてそれはクレイトンも同じだった。

「ルールはバスルームでの第一ラウンドと同じかな？　それとも……」

耳たぶを甘噛みされ、足の指がぴくっと引きつる。

息を喘がせながら、雪都はクレイトンを誘うように脚を絡めた。

「……ルール変更しましょう」

「それは擦りつけるだけじゃなくて、ここに入れてもいいっていうお誘いかな？」

「ひあ……っ」

尻の奥の密《ひそ》やかな蕾《つぼみ》を指でなぞられ、くすぐったさと焦れったさにはしたない声が漏れてしまう。

「答えて、雪都。はっきり決めておかないと始められないよ」

「……そ、そうです。ＯＫです……」

わせたくて仕方ないのだ。

「何がＯＫ？」

くすくす笑いながら、クレイトンがしつこく追及する。クレイトンは雪都に淫らなことを言わせたくて仕方ないのだ。

「もう……、早くセックスしましょう」

照れくさくて早口で呟《つぶや》くと、クレイトンが「いいね、賛成だ」と言いながらナイトテーブルに手を伸ばした。

長い指が潤滑用のジェルをたっぷりとすくい取り、雪都の蕾に丁寧に塗り込めていく。

「……んっ、んふ……っ」

感じやすい媚肉《びにく》をまさぐられて、久しぶりの感触に息が乱れてしまう。

もうすぐここにクレイトンの硬くて太い男根が入ってくる。力を漲《みなぎ》らせた勃起に貫かれる快感を思い描いて、雪都は淫らな期待に胸を高鳴らせた。

「雪都……きみのいない人生は考えられない」

「僕もです、あなたのいない人生は、あああ……っ！」

大きく笠《かさ》を広げた亀頭が、潤滑ジェルでやわらかくほぐれた蕾にずぶりと突き刺さる。

熱い粘膜が触れ合う淫らな感触に、雪都は歓喜の悲鳴を上げた。

「きみのここに入るのは久しぶりだ」

「ええ、あ、あんっ」

クレイトンがゆるゆると腰を動かし、狭い肛道《こうどう》を押し広げながら奥に向かってくる。

「ああ、きみの中は本当に気持ちよくて最高だな」

砲身を雪都の奥深くまで納めたクレイトンが、動きを止めて感極まったように呟いた。

ときどきクレイトンはこうやって敢《あ》えて動かずに雪都の媚肉に包まれる感触を愉《たの》しむことがある。雪都もまた、自分の体内でクレイトンのペニスが力強く脈打つさまを味わうのが好きだった。

クレイトンに「きみはどう?」と尋ねられ、両手で顔を覆う。

口にするのは恥ずかしくてたまらないが、これはちゃんと伝えておかなくては……。

「僕も……あなたが入ってくるの、すごく気持ちいいです……」

蚊の鳴くような声で告げると、クレイトンが息を呑む気配がした。

直後に体内でクレイトンがむくりと動き、雪都も息を呑む。

(あ……中でおっきくなってる……っ)

体積を増した男根が律動を始め、快楽のスポットを擦り上げられた雪都はたまらず声を上げた。

「ああ……っ!」

ここから先は、ジェットコースターのような快楽が待っている。

そしてクレイトンとともにゴールにたどり着くと、暖かで心地のいい天国に迎え入れられるのだ。

「クレイトン……！」

愛する伴侶にしがみついて、雪都は心も体も高みに上り詰めていった――。

エピローグ

——六月半ばの土曜日。その日は朝から晴天だった。

暑くもなく寒くもなく庭の薔薇《ばら》もちょうど見頃、まさに絶好のガーデンパーティ日和と言えるだろう。

（いよいよ本番だ……）

鏡の前に立って、雪都は高ぶる気持ちを落ち着かせようと深呼吸した。

まだまだ先だと思っていたが、クレイトンとの結婚式の日が来てしまった。

会場はＤＣ郊外の、広い庭つきの一軒家。他にもいくつか候補はあったのだが、ふたりともガーデンウェディングを希望していたので、見事なイギリス式庭園のあるここに決めた。

自宅で起きた事件から今日まで、本当に怒濤《どとう》の毎日だった。現場検証が終わるとクレイトンはすぐに地下室の修理と売却の手続きに取りかかり、賃貸物件を探して郊外のタウンハウスに引っ越し……。

殺人事件があったばかりなので家は当分の間売れないだろうと思っていたが、意外にもすぐに買い手が現れた。

不動産会社の担当者によると、クレイトンが購入する前から目を付けていたらしい。迷っているうちに売れてしまい、諦めて他の物件を探したものの、ずっと未練があったのだという。

殺人事件があったことを、買い手の夫婦はさほど気にしていないようだった。

『私たちは実際に見たわけじゃないし、古い家では誰かしら死んでるものだしね』

契約の場で顔を合わせたとき、夫妻はそう言って肩をすくめた。四十代くらいの夫妻は猫を五匹飼っているそうで、地下室の壁にキャットウォークを取り付けて猫のための遊び場にするのだと嬉《うれ》しそうに話してくれた。

大幅に下がることを覚悟していた価格も思っていたほどは下がらず、経済的なダメージも最小限に抑えることができた。それでも引っ越しやらなんやらで予定外の出費が続いたので、結婚式は取りやめにしても構わないと言ったのだが、クレイトンは予定通り式を挙げると言って譲らなかった。

『形式にこだわるわけじゃないが……いや、ちょっとこだわってるかな。以前は結婚式なんて面倒だと思っていたんだが、きみとつき合い始めてから考えが変わったんだ』

最愛の伴侶に巡り会ったことで、ようやく世間の人々が結婚式を挙げたがる気持ちが理解できるようになったのだという。

『ま、単純にきみの晴れ姿を見てみたいって気持ちもあるな』

『その点は同意ですね、僕もあなたのタキシード姿を見たいので』

ふたりで顔を見合わせて笑ったが、もしかしたらクレイトンの中には男同士だからこそ敢えて高らかに宣言したいという気持ちも多少あったのではないか。

雪都は何ごとも波風を立てずに穏便に済ませたいタイプなので、他人から何か言われたり、批判されそうなことはあらかじめ回避することが多い。実際クレイトンと結婚することについて、日本にいる親族はいい顔をしなかったと聞いている。

雪都はアメリカで生まれ、五歳から八歳までの三年間を除いてアメリカで育ってきたので、日本の親族とはほとんどつき合いがない。なので顔も覚えていない伯父や伯母、いとこたちに何を言われても気にならないが、祖父母の理解を得られなかったことは少しばかりショックだった。

両親は雪都の性的指向を受け入れてくれたし、クレイトンとの結婚を心から祝福してくれている。それだけで充分だ。ひとりっ子の雪都が同性と結婚するということは、孫の顔を見ることができないということで——もちろん養子や代理出産という方法もあるが——それでも雪都の意思を尊重してくれたことは、どれだけ感謝しても足りない。

鏡に映った顔が曇りかけているのを見て、慌てて雪都はしゃきっと背筋を伸ばした。

（いけない、今日は人生最高の日なんだから、ハッピーな気持ちで過ごさなきゃ）

鏡の中の自分に言い聞かせ、大きく息を吸い込む。

明るいシルバーグレーのタキシード、シャツは白で、タイはごく淡いピンク。

タイは当初タキシードと同じ色にしようと思っていたのだが、試着のときに式場専属のコーディネーターにこの色を勧められたのだ。

『あなたの顔立ちや肌にはこの色が映えると思うわ。あなたが持ってる優しくて穏やかな雰囲気によく合ってる』

自分では絶対に選ばない色だが、思い切って彼女の勧めに従ってよかった。今のこの幸せな気持ちを表すとしたら、まさにこんな色だ。

そしてもうひとつ、雪都は身につけると幸せになれるという〝サムシングブルー〟をポケットに忍ばせている。

これは犯罪被害者支援センターに来ているレイシーとウィラからのプレゼントだ。いつのまにか仲のいい友人同士となった彼女たちが、アートセラピーのクラスで一緒に青い鳥を刺繍《ししゅう》した水色のハンカチを贈ってくれたのだ。

『習い始めたばかりで、あんまり上手《うま》くないんだけど』

レイシーの照れくさそうな顔を思い出し、胸が熱くなる。

まだ完全に立ち直ったわけではないが、レイシーは時折笑顔を見せるようになった。カウンセリングだけでなく、ウィラとの交流が彼女にいい影響を及ぼしているのは明らかだ。

そして雪都も、レイシーからポジティブな影響を受けている。大学院の卒業後も犯罪被害者支援に携わろうと決意できたのは、あの日のレイシーとの会話がきっかけだ。

『きみのおかげで、カウンセラーになろうって決意できたよ』

感謝の気持ちを伝えたくて、図書室で顔を合わせたときに雪都はさりげなくレイシーにそう告げた。

レイシーは『元々カウンセラー志望だからここで研修してるんでしょう?』と訝《いぶか》しげな表情だったが。

『そうなんだけど、ちょっと迷ってたから』

『そうなの? よくわかんないけど、あなたがカウンセラー以外になるのってなんか想像できないし、よかったんじゃない?』

照れ隠しかもしれないが、レイシーの言い回しは実に彼女らしくて、思い出すたびに笑顔になってしまう。

センターでの仕事をこなしつつ引っ越しや結婚式の準備に奔走した日々を思い出して感慨に浸っていると、誰かが控え室のドアをノックする音が聞こえた。

「はい」

雪都の返事と同時にドアが開いて、「じゃじゃーん!」と効果音をつけながらジュリアンが入ってくる。

「ジュリアン!」

「雪都ー！　会いたかった！」

熱烈なハグを交わし、顔を見合わせてくすくす笑う。

「引っ越しのときに会ったばかりじゃない」

「引っ越しから三ヶ月も経ってるよ」

「ついこないだのような気がする。この三ヶ月、ほんとにあっというまだったから」

「だろうね。結婚式の準備で忙しかったでしょ」


ようやく体を離したジュリアンが、「よく見せて」と言いながら雪都の全身をチェックした。

「雪都、めっちゃ綺麗《きれい》！　いつも綺麗で可愛《かわい》いけど、そのタキシードが雪都の魅力をこれでもかってくらい引き出してるよ」

「ありがと。ジュリアンもすごくかっこいいよ」

スモークブルーの洒落《しゃれ》たスーツが、ジュリアンのすらりとした体によく似合っていた。

ジュリアンは今日の式でクレイトンと雪都の付添人を務めてくれることになっており、司会役のサイラスとお揃《そろ》いのスーツを仕立てたと聞いている。

「それで、やっぱり新婚旅行はお預け？」

ジュリアンに尋ねられ、雪都はこくりと頷いた。

「うん。ふたりとも仕事で忙しいし、旅行は長期の休みが取れてからね」

「じゃあ結婚式のあとも普通に帰宅？」

ジュリアンは何気なく訊いたのだろうが、雪都は思わず頬が上気するのを抑えられなかった。

「……ううん、それじゃあちょっと味気ないから、今夜は近場のリゾートホテルに泊まろうってことになってて」

「だよね、せっかくの新婚初夜なんだし」

初夜という言葉に、ますます頬が火照ってしまう。

クレイトンが見つけてきたのは、正確にはリゾートホテルではなくカップル限定のロマンティックなホテルだ。予約したスイートルームには貝殻の形の大きなバスタブや天蓋付きのキングサイズのベッド、専用の広いバルコニーがあり、ふたりきりで過ごすことに特化した作りになっているらしい。

「そのリゾートホテルとやらについて詳しく聞きたいところだけど、雪都の反応でだいたいわかったよ」

ジュリアンがにやりと笑ったので、雪都は真っ赤になって口ごもった。

「いいなあ、俺も早くサイラスと結婚したい」

「結婚、考えてるの？」

「まあね。俺たちの場合、同性というハードルよりも従兄弟《いとこ》同士っていうハードルのほうが高くてさ。同性婚には賛成の人でも、従兄弟同士の結婚には抵抗あるみたいで」

ジュリアンの言葉に、雪都は表情を曇らせた。

アメリカはいとこ婚が禁止されている州があり、タブーと見なされる風潮が強い。同性間のいとこ婚の例もあまり聞かないので、周囲の人々の理解を得るのは難しいのかもしれない。

「でもまあ、俺とサイラスは結婚してるも同然だしね。結婚式も挙げたいけど、サイラスはそういうの苦手だって知ってるし」

「うん……ふたりが愛し合ってて幸せなら、形式にこだわることないと思う」

「だよね。だけど来年ふたりでカリブ海のどこかに行こうって話してるから、そのときふたりきりで式挙げちゃうかもだけど」

ジュリアンが悪戯《いたずら》っぽくウィンクしてみせる。

型破りなところのあるジュリアンには、そのほうが合っているような気がする。

（カリブ海か……僕たちの新婚旅行も兼ねて、式に出席しちゃうのもありかも）

親友であり、クレイトンのたったひとりの弟でもあるジュリアンの結婚式をぜひこの目で見届けたい。

再びドアがノックされる音が響き、雪都とジュリアンは振り返った。

「失礼します。そろそろ始めますけど、準備はよろしいですか？」

スタッフが顔を覗かせ、笑みを浮かべる。

「ええ、ＯＫです」

いよいよ本番だ。緊張した面持ちで頷くと、ジュリアンがそっと背中を撫でてくれた。

「大丈夫、俺がついてるから」

「うん……」

ジュリアンと目を見交わし、雪都は大きく息を吸ってから一歩踏み出した。


「――ユキト・ヨシナカ。あなたはクレイトン・ガードナーを伴侶とし、健やかなるときも病めるときも、喜びのときも悲しみのときも、互いに敬い、助け合い、愛し合うことを誓いますか?」

クレイトンの青い瞳を見つめながら、雪都はサイラスの言葉に「はい」と力強く頷いた。

黒いタキシード姿のクレイトンがあまりに眩しくて、式が始まってからもなかなか直視できずにいたのだが、ここは照れずにしっかり見つめなくては。

「クレイトン・ウィリアム・ガードナー、あなたはユキト・ヨシナカを伴侶とし、健やかなるときも病めるときも、喜びのときも悲しみのときも、互いに敬い、助け合い、愛し合うことを誓いますか?」

「はい、誓います」

クレイトンも雪都の目を見つめ、微笑みながら口にする。

「では、指輪の交換をどうぞ」

サイラスの合図で、付添人のジュリアンが指輪の載った小さな銀の盆を差し出す。

クレイトンが雪都の左手をそっと包み込むように支え、薬指に指輪を嵌めた。雪都もクレイトンの大きな左手に手を添え、薬指に指輪を嵌める。

同居を始めた記念に婚約指輪としてお揃いのリングを嵌めていたが、これは今日のために用意した結婚指輪だ。シンプルなデザインのプラチナリングは、これまでしていた指輪よりも存在感があり、結婚するのだという実感が込み上げてくる。

指輪の交換が終わると、クレイトンの手がごく自然に雪都の腰を抱き寄せた。

「……っ」

大勢の人の前で——特に両親の目の前でキスをするのは正直恥ずかしい。雪都としては手の甲とか頬に軽く口づけするだけで済ませたかったのだが、クレイトンに却下されてしまった。

（うわ、ちょっと、舌は入れないで……っ）

リハーサルのときに『キスは軽めにお願いします』と念を押しておいたのに、クレイトンはしっかり唇を重ねてきた。舌を入れられそうになり、さりげなく身をよじって口づけから逃れる。

幸い参列者にこの小さな攻防は気づかれなかったようで、盛大な拍手が沸き起こった。

「ちょっとやり過ぎたかな？」

耳元でクレイトンに囁かれ、「もう……っ」と肘で小突く。

ジュリアンが呆《あき》れたように「いちゃつくのはふたりきりになってからにして」と呟き、雪都は真っ赤になって俯《うつむ》いた。

「皆さま、今日は私たちの結婚式に来てくださってありがとうございます。たった今、最愛の伴侶と無事結婚することができました」

クレイトンが雪都と手をつなぎ、参列者のほうへ向き直って高らかに告げる。

再び大きな拍手が起きて、雪都は顔を上げて参列者に目を向けた。

まずは雪都の両親——父も母も笑顔で拍手してくれている。ニューヨーク州北部に住む両親とはなかなか会う機会がないが、最近はビデオ電話で連絡を取り合っており、つい最近も母に和食のレシピを教わったばかりだ。

そしてクレイトンの両親も、ジュリアンの親友だった雪都を快く受け入れてくれた。ふたりはカリフォルニア州サクラメントに住んでおり、今日のために夫妻で休暇を取って、車でアメリカ横断の旅を楽しみつつＤＣまで来てくれた。

クレイトンの両親の隣には、クレイトンの祖父オズワルドの姿もある。雪都がクレイトンと再会した、例のアストンの別荘の持ち主だ。あれから二年半経つが、相変わらず元気そうで、ゴルフや水泳を楽しんでいるという。

雪都の大学院の友人たち、そして犯罪被害者支援センターの上司エリン・オコナーも来てくれた。

クレイトンの相棒のジャレル・メイズとその恋人、上司のグレース・ヤンと彼女の夫、他にも雪都もよく知っているＦＢＩの同僚が何人か来てくれている。

「雪都、この光景をしっかり目に焼きつけておこう」

クレイトンに肩を抱き寄せられ、雪都は深々と頷いた。

青く晴れ渡った空、白とピンクの薔薇が咲き乱れる美しい庭、ふたりの結婚を祝福してくれる人々――。

「よく言われてるように、結婚はゴールじゃなくてスタートだ。俺たちは今日から夫婦で、人生をともに切り拓《ひら》いていくパートナーになる。いいことばかりじゃないかもしれないが、一緒に乗り越えていこう」

「ええ、ここからスタートですね」

そっとクレイトンの手を握り、雪都は最愛の伴侶と歩む人生に胸を高鳴らせた――。

あとがき

こんにちは、神香《じんか》うららです。お手にとってくださってどうもありがとうございます。

おかげさまで「恋の吊り橋効果、試しませんか？」第三弾です。ご感想や続編リクエストをくださった皆さま、どうもありがとうございます！

一冊目と二冊目はそれぞれ〝吹雪の山荘〟〝嵐の孤島〟でしたが、クローズドサークルのネタが尽きたので今回は普通のサスペンスです。前回と同じく「事件よりラブ！」と自分に言い聞かせながら書きました。

帰宅したら見知らぬ人物の死体が……というのは結構定番ネタだと思うのですが、考えてみたら住人はものすごいショックですよね。今までそういう設定のミステリを読んでも「なぜ死体がここに？」「犯人は誰？」という方面にばかり意識が向いて、登場人物の気持ちをあまり考えたことがなかったのですが、今回は「雪都、辛い思いをさせてごめん。だけどきっと乗り越えられるから！」と励ましながら書いていた気がします。クレイトンも私と同様、いつも以上に雪都のことを気遣い、甘やかしまくってます。

もうひとつのテーマは、カウンセラーへの道を歩み始めた雪都の成長です。私も大いに悩みながら書いたので読者さんに伝わるか心配……どうか伝わりますように。

念のためお断りしておきますが、作中のカウンセリングに関する描写はすべてフィクションです。専門家の方が見たら突っ込みたくなる点も多々あるかと思います。あくまでもこの作品内限定の話なので、どうかご容赦ください。

今回も北沢《きたざわ》きょう先生が素敵なイラストを描いてくださいました。どうもありがとうございます。こうしてまたクレイトン&雪都のビジュアルを見ることができて嬉しいです！

そして今春担当編集者さんが替わり、新たな担当さんとの初仕事になりました。新担当さま、原稿が大幅に遅れ、初っぱなからご迷惑をおかけして大変申し訳ありません……。お力添えに感謝しております。

最後になりましたが、読んでくださった皆さま、どうもありがとうございます。クレイトン&雪都の事件簿、楽しんでいただけましたでしょうか？　よかったらご感想などお聞かせください。

またお目にかかれることを祈りつつ、このへんで失礼いたします。

※次のページに登場人物一覧載せておきます。

登場人物一覧

エリン・オコナー　犯罪被害者支援センターのカウンセラー。雪都の指導担当者
レイシー　犯罪被害者支援センターに通う高校生
ウィラ　犯罪被害者支援センターに通う高校生

トレント・ペリー　十二年前の宝石強盗事件の主犯
ルーベン・グローヴ　十二年前の宝石強盗事件の共犯
ケニー・チェンバース　十二年前の宝石強盗事件の共犯。服役中に死亡
ペイジ・ボイド　ケニーの元妻
グレン・ペリー　トレントの従兄
オースティン・ウォズニアック　ルーベンの隣人

シムズ　DC警察殺人課の警部補
ベネット　DC警察殺人課の巡査部長。シムズの相棒
グレース・ヤン　FBI知的犯罪捜査班の班長。クレイトンの上司
ジャレル・メイズ　FBI知的犯罪捜査班の特別捜査官。クレイトンの相棒

この本を読んでのご意見、ご感想を編集部までお寄せください。

《あて先》〒141－8202　東京都品川区上大崎3－1－1　徳間書店　キャラ編集部気付
「恋の吊り橋効果、誓いませんか?」係

【読者アンケートフォーム】
QRコードより作品の感想・アンケートをお送り頂けます。
Ｃｈａｒａ公式サイト　http://www.chara-info.net/

恋の吊り橋効果、誓いませんか？

Chara

恋の吊り橋効果、誓いませんか？……………【キャラ文庫】

■初出一覧
恋の吊り橋効果、誓いませんか？……書き下ろし

2021年11月30日 初刷

著者 神香うらら
発行者 松下俊也
発行所 株式会社徳間書店
〒141-8202 東京都品川区上大崎3-1-1
電話 049-293-5521（販売部）
03-5403-4348（編集部）
振替 00140-0-44392

印刷・製本 株式会社広済堂ネクスト
カバー・口絵
デザイン モンマ蚕（ムシカゴグラフィクス）

ISBN978-4-19-901050-7

神香うららの本

好評発売中

「恋の吊り橋効果、試しませんか？」

イラスト◆北沢きょう

恋人のフリを幼馴染みに頼まれ、雪山の別荘に招待された雪都《ゆきと》。そこで、ジュリアンの兄で初恋の人・クレイトンと突然の再会!!　弟の恋人だと嘘をついたまま、傍にいるのは辛い——。そんな時、予想外の吹雪で別荘が孤立!!　殺人事件も起きてしまった!?　怯える招待客たちを安心させるため、クレイトンはFBI捜査官だと身分を明かす。驚く雪都だけれど、なぜか捜査の助手に指名されて!?

神香うららの本

好評発売中

［恋の吊り橋効果、深めませんか？］

恋の吊り橋効果、試しませんか？2

イラスト✦北沢きょう

多忙なFBI捜査官の恋人と、５日間二人きりの旅行に出発!!　初めての纏まった休暇に、胸躍らせる大学生の雪都《ゆきと》。一泊目に取った宿は、海辺の離島に佇む幻想的なリゾートホテルだ。雪都とクレイトン以外の滞在客は、バチェラーパーティで訪れたイケメン４人組だけ。ところが宿泊初日の夜、予想外の嵐に遭遇!?　電話が不通となり、島は孤立!!　その翌朝、宿泊客の一人が遺体で見つかって!?

神香うららの本

好評発売中

「伴侶を迎えに来日しました！」

イラスト✦高城リョウ

７年間アメリカで一緒に暮らした元義弟が、留学生としてやって来た!?　両親の離婚を機に日本に戻った大学生の吉森《よしもり》 翼《つばさ》は、数年ぶりの突然の再会に驚愕する。スキンシップ過剰で子犬のようだった元 義弟のグリフィンは、狼のように野性味を湛えた青年に大変貌!!　けれど、別れの時「俺と縁を切ろうと思ってるの？」と逆上したグリフィンに、押し倒された過去があり、再会を素直に喜べなくて…!?

神香うららの本

好評発売中

「葡萄畑で蜜月を」

イラスト◆みずかねりょう

ひと一人通らない田舎道で、泥濘《ぬかるみ》に車が嵌って立ち往生!?　引っ越してきたばかりで、途方にくれるイラストレーターの寧緒《ねお》。そんな寧緒を助けたのは、ワイナリーを営む男カーターだ。彼は、人見知りの寧緒に、気さくに話しかけて、町に馴染めるよう優しく接してくれる。そんな彼に心を許し始めた矢先、寧緒は偶然交通事故を目撃!!　それをきっかけに、平和な町を揺るがす事件に巻き込まれて!?

キャラ文庫既刊

英田サキ
[DEADLOCK] シリーズ全3巻　ill：高階 佑
[SIMPLEX　DEADLOCK外伝]　ill：高階 佑
[STAY　DEADLOCK番外編1]
[AWAY　DEADLOCK番外編2]
[AGAIN　DEADLOCK番外編3]　ill：高階 佑
[OUTLIVE　DEADLOCK season 2]　ill：高階 佑
[PROMISING　DEADLOCK season 2]　ill：高階 佑
[BUDDY　DEADLOCK season 2]　ill：高階 佑
[HARD TIME　DEADLOCK外伝]　ill：高階 佑
[恋ひめやも]　ill：小山田あみ
[ダブル・バインド] 全4巻
[アウトフェイス　ダブル・バインド外伝]　ill：葛西リカコ
[すべてはこの夜に]　ill：笠井あゆみ

秋月こお
[王朝春宵ロマンセ] シリーズ全4巻　ill：唯月 一
[王朝ロマンセ外伝] シリーズ全3巻　ill：唯月 一
[幸村殿、艶にて候] 全7巻　ill：九號
[公爵様の羊飼い] 全3巻　ill：円屋榎英

秋山みち花
[騎士と魔女の養い子]　ill：北沢きょう
[略奪王と雇われの騎士]　ill：雪路凹子
[虎の王と百人の妃候補]　ill：夏河シオリ

犬飼のの
[暴君竜を飼いならせ]
[翼竜王を飼いならせ　暴君竜を飼いならせ2]
[水竜王を飼いならせ　暴君竜を飼いならせ3]
[双竜王を飼いならせ　暴君竜を飼いならせ4]
[卵生竜を飼いならせ　暴君竜を飼いならせ5]
[幼生竜を飼いならせ　暴君竜を飼いならせ6]
[皇帝竜を飼いならせⅠ　暴君竜を飼いならせ7]
[皇帝竜を飼いならせⅡ　暴君竜を飼いならせ8]
[少年竜を飼いならせ　暴君竜を飼いならせ9]
[最愛竜を飼いならせ　暴君竜を飼いならせ10]　ill：笠井あゆみ

海野 幸
[ifの世界で恋がはじまる]　ill：高久尚子
[匿名希望で立候補させて]　ill：高城リョウ
[あなたは三つ数えたら恋に落ちます]　ill：湖水きよ

尾上与一
[初恋をやりなおすにあたって]　ill：木下けい子
[花降る王子の婚礼]
[雪降る王妃と春のめざめ　花降る王子の婚礼2]　ill：yoco

音理 雄
[俺がいないとダメでしょう？]　ill：榊 空也
[農業男子とスローライフを]　ill：高城リョウ

華藤えれな
[氷上のアルゼンチン・タンゴ]　ill：嵩梨ナオト
[人魚姫の真珠 ～海に誓う婚礼～]　ill：北沢きょう
[白虎王の蜜月婚]　ill：高緒 拾
[オメガの初恋は甘い林檎の香り ～煌めく夜に生まれた子へ～]　ill：夏河シオリ

可南さらさ
[先輩とは呼べないけれど]　ill：穂波ゆきね
[旦那様の通い婚]　ill：高星麻子

かわい恋
[王と獣騎士の聖約]　ill：小椋ムク
[異世界で保護竜カフェはじめました]　ill：夏河シオリ

川琴ゆい華
[幼なじみクロニクル]　ill：Ciel
[ぎんぎつねのお嫁入り]　ill：三池ろむこ
[親友だけどキスしてみようか]　ill：古澤エノ
[へたくそ王子と深海魚]　ill：緒花

神奈木智
[その指だけが知っている] シリーズ全5巻　ill：小田切ほたる
[ダイヤモンドの条件] シリーズ全3巻　ill：須賀邦彦
[守護者がめざめる逢魔が時] シリーズ1～5
[守護者がおちる呪縛の愛　守護者がめざめる逢魔が時6]　ill：みずかねりょう

北ミチノ
[好奇心は蝶を殺す]　ill：円陣闇丸
[星のない世界でも]　ill：高久尚子

久我有加
[寮生諸君！]　ill：麻々原絵里依
[獲物を狩るは赤い瞳]　ill：金ひかる
[満月に降臨する美男]　ill：柳ゆと

櫛野ゆい
[臆病ウサギと居候先の王子様]　ill：石田 要
[興国の花、比翼の鳥]　ill：夏河シオリ
[しのぶれど色に出でにけり輪廻の恋]　ill：北沢きょう

楠田雅紀
[俺の許可なく恋するな]　ill：乃一ミクロ
[恋人は、一人のはずですが。]　ill：麻々原絵里依
[あの日、あの場所、あの時間へ！]　ill：サマミヤアカザ
[海辺のリゾートで殺人を]　ill：夏河シオリ
[Brave -炎と闘う者たち-]　ill：小山田あみ

キャラ文庫既刊

「恋するヒマもない警察学校24時!!」 ill：麻々原絵里依

栗城 偲

「玉の輿ご用意しました」
「玉の輿謹んで返上します 玉の輿ご用意しました2」
「玉の輿新調しました 玉の輿ご用意しました3」
「玉の輿に乗ったその後の話 玉の輿ご用意しました番外編」 ill：高緒 拾
「幼なじみマネジメント」 ill：暮田マキネ

月東 湊

「親愛なる僕の妖精王へ捧ぐ」 ill：みずかねりょう
「旅の道づれは名もなき竜」 ill：テクノサマタ
「呪われた黒獅子王の小さな花嫁」 ill：円陣闇丸

ごとうしのぶ

「熱情」 ill：高久尚子

小中大豆

「妖しい薬屋と見習い狸」 ill：高星麻子
「ないものねだりの王子と騎士」 ill：北沢きょう
「十六夜月と輪廻の恋」 ill：夏河シオリ
「鏡よ鏡、毒リンゴを食べたのは誰？」 ill：みずかねりょう

桜木知沙子

「教え子のち、恋人」 ill：高久尚子

佐々木禎子

「妖狐な弟」 ill：佳門サエコ

沙野風結子

「一滴、もしくはたくさん」 ill：湖水きよ
「人喰い鬼は色に狂う」 ill：葛西リカコ
「夢を生む男」 ill：北沢きょう

「疵物の戀」 ill：みずかねりょう
「なれの果ての、その先に」 ill：小山田あみ

秀 香穂里

「くちびるに銀の弾丸」シリーズ全2巻 ill：祭河ななを
「他人同士」全3巻 ill：新藤まゆり
「大人同士」全3巻 ill：新藤まゆり
「他人同士 －Encore!－」 ill：新藤まゆり
「肌にひそむ蝶」 ill：嵩梨ナオト
「オメガの純潔」 ill：みずかねりょう
「コンビニで拾った恋の顛末」 ill：新藤まゆり
「弟の番人」 ill：ミドリノエバ
「地味な俺が突然モテて困ってます」 ill：Ciel
「魔人が叶えたい三つのお願い」 ill：小野浜こわし
「恋に無縁なんてありえない」 ill：金ひかる
「高嶺の花を手折るまで」 ill：高城リョウ

愁堂れな

「法医学者と刑事の相性」シリーズ全2巻 ill：高階 佑
「美しき標的」 ill：小山田あみ
「ハイブリッド ～愛と正義と極道と～」 ill：水名瀬雅良

神香うらら

「恋の吊り橋効果、試しませんか？」
「恋の吊り橋効果、深めませんか？ 恋の吊り橋効果、試しませんか？2」
「恋の吊り橋効果、誓いませんか？ 恋の吊り橋効果、試しませんか？3」 ill：北沢きょう
「伴侶を迎えに来日しました！」 ill：高城リョウ
「葡萄畑で蜜月を」 ill：みずかねりょう

菅野 彰

「毎日晴天！」シリーズ1～17
「花屋に三人目の店員がきた夏 毎日晴天！18」
「竜頭町三丁目帯刀家の徒然日記 毎日晴天！番外編」
「竜頭町三丁目まだ四年目の夏祭り 毎日晴天！外伝」 ill：二宮悦巳
「愛する」 ill：高久尚子
「いたいけな彼氏」 ill：湖水きよ
「成仏する気はないですか？」 ill：田丸マミタ

杉原理生

「星に願いをかけながら」 ill：松尾マアタ
「錬金術師と不肖の弟子」 ill：yoco
「愛になるまで」 ill：小椋ムク

すとう茉莉沙

「触れて感じて、堕ちればいい」 ill：みずかねりょう
「営業時間外の冷たい彼」 ill：小椋ムク

砂原糖子

「シガレット×ハニー」 ill：水名瀬雅良
「灰とラブストーリー」 ill：穂波ゆきね
「猫屋敷先生と縁側の編集者」 ill：笠井あゆみ
「小説家先生の犬と春」 ill：笠井あゆみ
「アンダーエール！」 ill：小椋ムク

高尾理一

「鬼の王と契れ」シリーズ全3巻 ill：石田 要

高遠琉加

「神様も知らない」シリーズ全3巻 ill：高階 佑
「天使と悪魔の一週間」 ill：麻々原絵里依
「さよならのない国で」 ill：葛西リカコ
「刑事と灰色の鴉」 ill：サマミヤアカザ

キャラ文庫既刊

月村 奎

[そして恋がはじまる]全2巻 ill：夢花 李
[アプローチ] ill：夏乃あゆみ
[きみに言えない秘密がある] ill：サマミヤアカザ

遠野春日

[砂楼の花嫁]
[花嫁と誓いの薔薇 砂楼の花嫁2]
[仮装祝祭日の花嫁 砂楼の花嫁3]
[愛と絆と革命の花嫁 砂楼の花嫁4] ill：円陣闇丸
[蜜なる異界の契約] ill：笠井あゆみ
[黒き異界の恋人] ill：笠井あゆみ
[疵と蜜] ill：笠井あゆみ
[恋々 疵と蜜2] ill：笠井あゆみ
[鼎愛－TEIAI－] ill：嵩梨ナオト
[美しい義兄] ill：新藤まゆり
[愛しき年上のオメガ] ill：みずかねりょう
[やんごとなきオメガの婚姻] ill：サマミヤアカザ
[夜間飛行]
[存在証明 夜間飛行2] ill：笠井あゆみ

中原一也

[愛と獣－捜査一課の相棒－] ill：みずかねりょう
[魔性の男と言われています] ill：草間さかえ
[花吸い鳥は高音で囀る] ill：笠井あゆみ
[俺が好きなら咬んでみろ] ill：小野浜こわし
[街の赤ずきんと迷える狼] ill：みずかねりょう
[拝啓、百年先の世界のあなたへ] ill：笠井あゆみ
[幾千の夜を超えて君と] ill：麻々原絵里依

凪良ゆう

[恋愛前夜]
[求愛前夜 恋愛前夜2] ill：穂波ゆきね
[天涯行き] ill：高久尚子
[おやすみなさい、また明日] ill：小山田あみ
[美しい彼]
[憎らしい彼 美しい彼2]
[悩ましい彼 美しい彼3]
[interlude 美しい彼番外編集] ill：葛西リカコ
[ここで待ってる] ill：草間さかえ
[初恋の嵐] ill：木下けい子
[セキュリティ・ブランケット 上・下] ill：ミドリノエバ
[きみが好きだった] ill：宝井理人

夏乃穂足

[飼い犬に手を咬まれるな] ill：笠井あゆみ
[真夜中の寮に君臨せし者] ill：円陣闇丸

成瀬かの

[兄さんの友達] ill：三池ろむこ
[隣の狗人の秘密] ill：サマミヤアカザ
[神獣さまの側仕え] ill：金ひかる

西野 花

[溺愛調教] ill：笠井あゆみ
[陰獣たちの贄] ill：北沢きょう
[獣神の夜伽] ill：穂波ゆきね
[淫妃セラムと千人の男] ill：北沢きょう
[催淫姫] ill：古澤エノ

鳩村衣杏

[学生服の彼氏] ill：金ひかる
[きれいなお兄さんに誘惑されてます] ill：砂河深紅

樋口美沙緒

[八月七日を探して] ill：高久尚子
[他人じゃないけれど] ill：穂波ゆきね
[狗神の花嫁]シリーズ全2巻 ill：高星麻子
[予言者は眠らない] ill：夏乃あゆみ
[パブリックスクール－檻の中の王－]
[パブリックスクール－群れを出た小鳥－]
[パブリックスクール－八年後の王と小鳥－]
[パブリックスクール－ツバメと殉教者－]
[パブリックスクール－ロンドンの蜜月－]
[パブリックスクール－ツバメと監督生たち－] ill：yoco
[ヴァンパイアは我慢できない dessert] ill：夏乃あゆみ
[王を統べる運命の子①～②] ill：麻々原絵里依

火崎 勇

[悪党に似合いの男] ill：草間さかえ
[カウントダウン！] ill：高緒 拾
[俺の知らない俺の恋] ill：木下けい子
[ヒトデナシは惑愛する] ill：小椋ムク
[エリート上司はお子さま!?] ill：金ひかる
[メールの向こうの恋] ill：麻々原絵里依
[契約は悪魔の純愛] ill：高城リョウ

菱沢九月

[小説家は懺悔する]シリーズ全3巻 ill：高久尚子
[年下の彼氏] ill：穂波ゆきね
[好きで子供なわけじゃない] ill：山本小鉄子
[飼い主はなつかない] ill：高星麻子
[同い年の弟] ill：穂波ゆきね

キャラ文庫既刊

松岡なつき
「WILD WIND」 ill：雪舟 薫
「FLESH&BLOOD①〜㉔」 ill：①〜⑪雪舟 薫／⑫〜彩
「FLESH&BLOOD外伝 —女王陛下の海賊たち—」
「FLESH&BLOOD外伝2 —祝福されたる花—」 ill：彩
「H・K《ホンコン》ドラグネット」全4巻 ill：乃一ミクロ
「流沙の記憶」 ill：彩

水原とほる
「刹那と愛の声を聞け」 ill：みずかねりょう
「百千万劫に愛を誓う」 ill：乃一ミクロ
「ピアノマンは今宵も不機嫌」 ill：ミドリノエバ
「名前も知らず恋に落ちた話」 ill：yoco
「監禁生活十日目」 ill：砂河深紅
「正体不明の紳士と歌姫」 ill：yoco
「彼は優しい雨」 ill：小山田あみ
「月がきれいと言えなくて」 ill：ひなこ
「見初められたはいいけれど」 ill：ミドリノエバ
「小説の登場人物と恋は成立するか？」 ill：サマミヤアカザ

水無月さらら
「人形遊びのお時間」 ill：夏河シオリ
「いたいけな弟子と魔導師さま」 ill：yoco
「海賊上がりの身代わり王女」 ill：サマミヤアカザ
「二度目の人生はハードモードから」 ill：木下けい子

水壬楓子
「桜姫」シリーズ全3巻 ill：長門サイチ
「森羅万象」シリーズ全3巻 ill：新藤まゆり
「王室護衛官を拝命しました」 ill：サマミヤアカザ
「王室護衛官に欠かせない接待」 ill：みずかねりょう

宮緒 葵
「蜜を喰らう獣たち」 ill：笠井あゆみ
「忘却の月に聞け」 ill：水名瀬雅良
「祝福された吸血鬼」 ill：Ciel
「悪食」
「羽化 悪食2」 ill：みずかねりょう
「百年待てたら結婚します」 ill：サマミヤアカザ

夜光 花
「不浄の回廊」
「二人暮らしのユウウツ 不浄の回廊2」 ill：小山田あみ
「ミステリー作家串田寥生の考察」
「ミステリー作家串田寥生の見解」 ill：高階 佑
「バグ」全3巻 ill：湖水きよ
「式神の名は、鬼」全3巻 ill：笠井あゆみ
「式神見習いの小鬼」 ill：笠井あゆみ

吉原理恵子
「二重螺旋」シリーズ1〜13巻
「箱庭ノ雛 二重螺旋14」 ill：円陣闇丸
「灼視線 二重螺旋外伝」 ill：円陣闇丸
「間の楔」全6巻 ill：長門サイチ
「影の館」 ill：笠井あゆみ
「暗闇の封印 —邂逅の章—」
「暗闇の封印 —黎明の章—」 ill：笠井あゆみ
「銀の鎮魂歌《レクイエム》」 ill：yoco

六青みつみ
「輪廻の花〜300年の片恋〜」 ill：みずかねりょう
「鳴けない小鳥と贖いの王〜彷徨編〜」 ill：稲荷家房之介

渡海奈穂
「河童の恋物語」 ill：北沢きょう
「僕の中の声を殺して」 ill：笠井あゆみ
「狼は闇夜に潜む」 ill：マミタ
「御曹司は獣の王子に溺れる」 ill：夏河シオリ
「憑き物ごと愛してよ」 ill：ミドリノエバ

〈四六判ソフトカバー〉

ごとうしのぶ
「ぼくたちは、本に巣喰う悪魔と恋をする」
「喋らぬ本と、喋りすぎる絵画の麗人」
「ぼくたちは、優しい魔物に抱かれて眠る」
「ぼくたちの愛する悪魔と不滅の庭」 ill：笠井あゆみ

松岡なつき
「王と夜啼鳥《ナイチンゲール》 FLESH&BLOOD外伝」 ill：彩

アンソロジー
「キャラ文庫アンソロジーⅠ 琥珀」
「キャラ文庫アンソロジーⅡ 翡翠」
「キャラ文庫アンソロジーⅢ 瑠璃」 ill：円陣闇丸

〈2021年11月26日現在〉

投稿小説 大募集

『楽しい』『感動的な』『心に残る』『新しい』小説――
みなさんが本当に読みたいと思っているのは、
どんな物語ですか？
みずみずしい感覚の小説をお待ちしています！

応募のきまり

応募資格

商業誌に未発表のオリジナル作品であれば、制限はありません。他社でデビューしている方でもOKです。

枚数／書式

20字×20行で50～300枚程度。手書きは不可です。原稿は全て縦書きにしてください。また、800字前後の粗筋紹介をつけてください。

注意

❶原稿はクリップなどで右上を綴じ、各ページに通し番号を入れてください。また、次の事柄を1枚目に明記して下さい。
（作品タイトル、総枚数、投稿日、ペンネーム、本名、住所、電話番号、職業・学校名、年齢、投稿・受賞歴）
❷原稿は返却しませんので、必要な方はコピーをとってください。
❸締め切りは特別に定めません。採用の方にのみ、原稿到着から3ヶ月以内に編集部から連絡させていただきます。また、有望な方には編集部からの講評をお送りします。（返信用切手は不要です）
❹選考についての電話でのお問い合わせは受け付けできませんので、ご遠慮ください。
❺ご記入いただいた個人情報は、当企画の目的以外での利用はいたしません。

あて先

〒141-8202　東京都品川区上大崎3-1-1
徳間書店　Chara編集部　投稿小説係

投稿イラスト 大募集

キャラ文庫を読んでイメージが浮かんだシーンを、
イラストにしてお送り下さい。
キャラ文庫、『Chara』『Chara Selection』『小説Chara』などで
活躍してみませんか？

応募のきまり

応募資格

応募資格はいっさい問いません。マンガ家&イラストレーターとしてデビューしている方でもOKです。

枚数／内容

❶イラストの対象となる小説は『キャラ文庫』及び『Chara、Chara Selection、小説Charaにこれまで掲載された小説』に限ります。
❷カラーイラスト1点、モノクロイラスト3点の合計4点をお送りください。カラーは作品全体のイメージを、モノクロは背景やキャラクターの動きのわかるシーンを選ぶこと(裏にそのシーンのページ数を明記)。
❸用紙サイズはA4以内。使用画材は自由。データ原稿の際は、プリントアウトしたものをお送りください。

注意

❶カラーイラストの裏に、次の内容を明記してください。
(小説タイトル、投稿日、ペンネーム、本名、住所、電話番号、職業・学校名、年齢、投稿・受賞歴、返却の要・不要)
❷原稿返却希望の方は、切手を貼った返却用封筒を同封してください。封筒のない原稿は編集部で処分します。返却は応募から1ヶ月前後。
❸締め切りは特別に定めません。採用の方にのみ、編集部から連絡させていただきます。また、有望な方には編集部から講評をお送りします。選考結果の電話でのお問い合わせはご遠慮ください。
❹ご記入いただいた個人情報は、当企画の目的以外での利用はいたしません。

あて先

〒141-8202 東京都品川区上大崎3-1-1
徳間書店 Chara編集部 投稿イラスト係